KB117400

유정

한국문학산책 14 장편 소설
유정

지은이 이광수
엮은이 송창현
펴낸이 안용백
펴낸곳 (주)넥서스

초판 1쇄 인쇄 2013년 3월 20일
초판 1쇄 발행 2013년 3월 25일

출판신고 1992년 4월 3일 제311-2002-2호
121-840 서울시 마포구 서교동 394-2
Tel (02)330-5500 Fax (02)330-5555

ISBN 978-89-6790-037-3 04810

www.nexusbook.com
지식의 숲은 (주)넥서스의 인문교양 브랜드입니다.

한국문학산책 14
장편 소설

이광수

유정

송창현 엮음·해설

지식의숲

최석으로부터 최후의 편지가 온 지가 벌써 일 년이 지났다. 그는 바이칼 호수에 몸을 던져 버렸는가. 또는 시베리아 어느 으슥한 곳에 숨어서 세상을 잊고 있는가. 또 최석의 뒤를 따라 간다고 북으로 한정 없이 가 버린 남정임도 어찌 되었는지, 이 글을 쓰기 시작할 이때까지에는 아직 소식이 없다.

나는 이 두 사람의 일을 알아보려고 하얼빈, 치치하얼, 치타, 이르쿠츠크에 있는 친구들한테 편지를 부쳐 탐문도 해 보았으나 그 회답은 다 '모른다.'라는 것뿐이었다. 모스크바에도 두어 번 편지를 띄워 보았으나 역시 마찬가지로 모른다는 회답뿐이었다.

이만하면, 나는 이 사람들 - 그들은 둘이 다 아까운 사람들이다. - 은 이 세상에 없는 사람으로 인정할 수밖에 없다. 설사 이 세상에 살아 있다 하더라도 그들은 다시는 조선에 들어오지 아니할 것이다.

　그렇다 하더라도 친구의 정에 남과 자별하게 친함을 가졌던 나로서는 어디든지 살아 있기를 아니 바랄 수 없다. 그 두 사람이 죽어 버렸다고 어떻게 차마 생각하랴.

　나는 이 글을 다 쓰고 나서는 바이칼 호숫가에 최석과 남정임 두 사람의 자취를 찾아서 떠나 보려고 한다. 다른 모든 사람이 다 못 찾더라도 나만은 그들을, 남달리 알아주고 사랑하는 나만은 꼭 그들의 자취를 찾아낼 것만 같다.

　만일 그들의 무덤이 있다고 하면 비록 패를 써 박은 것이 없다고 하더라도 나는 이것이 최석의 무덤, 이것이 남정임의 무덤이라고 알아낼 것만 같다. 설사 그들이 시체가 되어 바이칼 호수의 물밑에 잠겨 있더라도 내가 가서 그들의 혼을 부르면 반드시 그 시체가 떠올라서 내가 서서 목멘 소리로 부르짖는 곳으로 모여들리라고 믿는다.

　아아, 세상에 저를 알아주는 벗이 몇이나 된단 말인가. 서로 믿고 사랑하는 벗이 몇이나 된단 말인가. 내가 부를 때에 그들의 몸이나 혼이 우주 어느 구석에 있기로 아니 나타날 리가 있겠는가.

그러나 나는 그들의 자취를 찾기 전에 하지 아니하면 아니 될 한 가지 일이 있으니, 그것은 곧 이 글을 쓰는 일이다. 왜?

세상에서는 최석과 남정임에 대하여 갖은 험구와 갖은 모욕을 가하고 있다. 세상 사람의 말에 의지하건대 최석은 나이가 십여 년이나 틀리는, 그러고도 제가 아버지 모양으로, 선생 모양으로 감독하고 지도하지 아니하면 아니 될 어린 여자를 농락해서 버려 준 위선자요, 죽일 놈이요, 남정임은 남의 아내 있는 남자, 아버지 같은 남자와 추악한 관계를 맺은 음탕한 계집이다. 이 두 남녀는 도덕상 추호도 용서할 점이 없는 죄인이라고 세상은 판정하고 있다.

최·남 두 사람의 친구들조차 이제는 이 잘못 판단되는, 모욕되는 두 사람을 위하여 한마디도 변명하려고 아니하고 도리어 나간 며느리 흉보는 모양으로 있는 흉, 없는 흉을 하나씩 둘씩 더 만들어 내어 최석, 남정임 두 사람을 궁흉극악한 그야말로 더럽고도 죽일 연놈을 만들고야 말려 한다.

만일 최석, 남정임 두 사람이 금시에 조선에 나타난다고 하면 그들은 태도를 돌변하여 최석, 남정임 두 사람을 대하여서는 세상은 다 뭐라고 하든지, 저만은 두 사람의 깨끗함을 아노라 하여 두 사람을 시비하는 세상을 책망하는 사람도 적지 않게 나타나리라고 믿는다. 도무지 이 세상이 이렇게 무정하고 반복무상한 세상인가 보다.

더구나 최석의 은혜를 받고 최석의 손에 길러졌다고 할 만한 무리들까지도 '최석이, 최석이' 하고 마치 살인강도 죄인이나 부르듯 하는 것을 보면 눈물이 난다.

나는 어찌하면 이 변명을 하여 주나 하고 퍽 애를 썼지마는 도무지 어찌할 길이 없었다. 몇 번 변명하는 말도 해 보았으나 그러할 때마다 핀잔만 받았다.

바로 이러한 때다. 작년 이맘때 초추의 바람이 아침저녁이면 쌀쌀한 때에 나는 최석의 편지를 받았고, 그 후 한 달쯤 뒤에 최석을 따라서 떠났던 남정임에게로부터 또한 편지를 받았다.

내가 지금 쓰려는 글은 이 두 사람의 편지 사연이다.

두 사람의 편지는 이름이 편지지마는 일종의 자서전이다. 특히 최석, 남정임 두 사람의 관계에 대하여서는 두 사람이 다 극히 담대하게 극히 자세하게 죽으려는 사람의 유서가 아니고는 쓸 수 없으리만큼 솔직하고 열렬하게 자백이 되어 있다.

나는 최석의 편지를 보고 어떻게나 슬펐고 어떻게나 분개하였던고. 더구나 남정임의 편지를 볼 때 어떻게 불쌍하고 어떻게 가슴이 아팠던고.

나는 이 사람의 편지를 다만 정리하는 의미에 다소의 철자법

적 수정을 가하면서 될 수 있는 대로 본문을 상하지 아니하도록 옮겨 쓰려고 한다.

나는 믿는다. 아무리 완고한 사람이라도 양심의 뿌리가 바늘 끝만치만 붙어 있는 이면, 반드시 지금 여기 옮겨 베끼는 두 사람의 편지 사연을 보고는 다시 두 사람의 시비를 하지 못하리라고, 반드시 동정의 눈물을 흘리고야 말리라고. 왜 그런고 하면, 사람이 세상에서 동정할 만한 곳에 동정의 눈물을 흘리지 아니하게 되면 그 세상은 망할 것이니까.

나는 부질없는 내 말을 많이 쓰고자 아니한다. 곧 최석의 편지를 옮겨 베끼기를 시작하려고 한다.

최석의 편지는 물론 봉투에 넣은 것이 아니라 소포로 싸 온 것인데 겉봉에는 '바이칼리스코에'라는 일부인이 맞고 다시 '이르쿠츠크'라는 일부인이 맞은 것을 보니 이르쿠츠크 내에 있는 바이칼 호반에 있는 어떤 동네에서 이것을 부친 것은 얼른 알 수 있는 것이다.

'바이칼리스코에'라는 중성의 형용사는 '셀로'라는 아라사(러시아의 음역어) 말에 붙은 것이라는 것을 내 부족한 아라사 말로도 짐작할 수 있다.

최석은 이 소포를 바이칼리스코에라는 동네의 우편소에서 부치고 나서는 어디로 가 버린 모양인 것이 분명하다.

이로부터 최석의 편지 사연이다.

믿는 벗 N형!

나는 바이칼 호의 가을 물결을 바라보면서 이 글을 쓰오. 나의 고국 조선은 아직도 처서 더위로 땀을 흘리리라고 생각하지마는 고국서 칠천 리 이 바이칼 호 서편 언덕에는 벌써 가을이 온 지 오래요.

이 지방에 유일한 과일인 '야그드'의 핏빛조차 벌써 서리를 맞아 검붉은 빛을 띠게 되었소. 호숫가의 나불나불한 풀들은 벌써 누렇게 생명을 잃었고 그 속에 울던 벌레, 웃던 가을꽃까지도 이제는 다 죽어 버려서, 보이고 들리는 것이 오직 성내어 날뛰는 바이칼 호의 물과 광막한 메마른 풀판뿐이오. 아니 어떻게나 쓸쓸한 광경인고.

남북 만 리를 날아다닌다는 기러기도 아니 오는 시베리아가 아니오, 소무나 왕소군이 잡혀 왔더란 선우의 땅도 여기서 보면 삼천리나 남쪽이어든……. 당나라 시인이야 이러한 곳을 상상인들 해 보았겠소?

이러한 곳에 나는 지금 잠시 생명을 붙이고 있소. 연일 풍랑이 높은 바이칼 호를 바라보면서 고국에 남긴 오직 하나의 벗인 형에게 나의 마지막 편지를 쓰고 있소.

지금은 밤중. 부랴트 족인 주인 노파는 벌써 잠이 들고 석유

등잔의 불이 가끔 창틈으로 들이쏘는 바람결에 흔들리고 있소. 우루루 탕하고 달빛을 실은 바이칼의 물결이 바로 이 어촌 앞의 바위를 때리고 있소. 어떻게나 처참한 광경이오…….

무슨 말부터 써야 옳을까. 지금 내 머릿속은 용솟음쳐서 끓어오르고 있소. 중년 남자의 자랑인 자존심과 의지력으로 제 마음을 통제하려 하나 도무지 듣지 아니하오. 아마 나는 이 편지를 다 쓰지 못하고 정신과 육체가 함께 다 타 버리고 말는지 모르겠소.

다른 말은 다 그만둡시다. 내가 이 편지를 쓰는 것이 오직 남정임과 나와의 관계를 분명히 하려는 데 있으니까.

남정임과 나와의 관계를 형도 대강은 짐작하리라고 믿지마는 역시 다 아신다고 할 수는 없을 것이오. 인제 와서 내가 형께 이런 말을 다 한댔자 세상을 하직하는 나에게야 무슨 이해관계가 있겠소마는 세상에 남아 있을 정임의 누명을 씻는 데 한 도움이나 될까 하고 구차스레 이 편지를 쓰는 것이오. 아아, 머리가 아프오.

형도 아시겠지마는 남정임은 내 친구 남백파의 외딸이오. 백파는 남화라는 가명을 가지고 중국 각지로 표랑하다가 바로 기미년 전해에 천진에서 관헌에게 체포되어 ○○감옥에서 복역 중에 병으로 형의 중지를 받고 퇴옥하여 ○○병원에서 세상을 떠날 때에 내게 그의 유족인 아내와 딸을 맡긴 것이오.

남화는 나의 친구라 하나 기실은 아버지와 더 친하고 내게는 부집은 못 되지마는 노형 연배로, 이를테면 내 선배였소. 그래서 나는 관헌의 양해를 얻어 가지고 북경으로 가서 남화의 유족을 조선으로 데리고 왔소.

그때 정임의 나이 여덟 살이었소. 정임은 중국 계집애 모양으로 앞머리를 이마에 나불나불하게 자르고 푸른 청옥 두루마기를 입은 소녀였소. 말도 조선말보다 한어를 잘하고 퍽 감정적인 미인 타입의 소녀였소. 그때에 정임은 나를 부를 때에는 '초이 시엔성' 하고 중국말로 불렀소. 최 선생이란 말이오.

남화는 본명을 상호라 하고, 호를 백파라고도 하고, 태백광노(太白狂奴)라고도 하여 백암 박은식과 함께 강유위, 장병린 같은 중국의 지사들과 교유하며 비분강개한 시와 글을 짓고 다니던 이요.

그 초취인 조선 부인은 남백파가 중국에 유랑하는 동안에 죽고, 정임을 낳은 부인은 장병린의 친척이라는 중국 여자로서 장 씨요. 이 장 씨 부인이 남백파의 글을 보고 사랑하였다느니만큼 글을 잘하였소.

나는 북경서 장 씨 부인에게 어디로 가겠느냐고 의향을 물었더니 장 씨 부인은 내가 묻는 뜻을 의아해하는 듯이,

"물론 고국으로 가지요."

하고 단연한 결심을 보였소.

장 씨는 비록 상해의 중서여숙(中西女塾)에서 서양식 교육을 받은 여자라 하지마는 그의 도덕관념은 장 씨가 중지학인 동양 사상을 기초로 하였던 모양이오.

남편이 조선 사람이니 아내도 조선 사람이다. 남편이 죽었으니 아내는 남편의 고국에 돌아가 남편의 분묘를 지키는 것이라는 것을 거의 본능적으로 생각하는 것 같습니다.

이리해서 나는 남정임 모녀를 조선으로 데리고 온 것이오. 나도 장 씨 부인의 그 깨끗하고 굳은 마음에 얼마나 탄복하였는지 모르오. 나는 이 장 씨 부인 한 사람을 본 후로는 중국 사람을 존경하고 그 문화를 존경하는 마음이 아니 날 수 없었소.

서울에 돌아와서 일시 내 집에 남정임 모녀를 유숙하게 하였으나 언제까지 그리할 수도 없어서 필운동 내 집에서 얼마 멀지 아니한 곳에 집 하나를 얻어 두 모녀를 우접하게 하였소.

그 이듬해가 기미년 아니오. 그때에 내가 옥에 들어갔다가 삼 년 만에 집에 돌아오니 장 씨 부인은 그동안에 죽어 버리고 정임은 내 집에 와 있지 않겠소.

내가 옥에서 나온 날 저녁에 내 아들딸들이 '아버지'를 부르고 내게 와서 매달릴 때에 정임은 방 한편 구석에 우두커니 서서 훌쩍훌쩍 우는 것을 보고 나는 창자가 미어지는 듯이 불쌍한 생각이 나서 정임을 안고 머리를 쓸어 주며 위로하였소.

이때에 정임의 나이가 열두 살. 그는 아비를 여의고 어미마저 여의고 그다음에는 가장 친하고 믿는 나마저 감옥에 있어서 외로운 세상을 살고 있던 것이오.

나는 내 아내가 결코 보통 여자라고는 생각지 아니하오. 그는 좋은 가정에서 자라났고 상당한 교육도 받았고, 내게 대해서도 그리 순종하는 아내는 아니라 하더라도 또 그리 남편을 못 견디게 굴고 망신을 시키는 아내는 아니었소. 그는 나를 위하고 인사범절도 그만하면 흠잡을 것은 없는 아내라고 나는 믿소. 형이 내 아내를 잘 알지마는 내 아내는 결코 보통 조선 여성보다 못한 여성은 아니라고 믿소.

그렇지마는 형아, 내 아내는 정임을 제 친딸과 같이 사랑하지는 못하였소. 정임이 내 딸들과 차별을 받을 때에 슬퍼하는 양을 보면 내 가슴은 찔리는 듯하였소. 어미를 본받아 내 딸들이 정임을 구박하는 양을 볼 때에는 나는 내 딸들이 미웠소.

정임이 보통학교를 졸업하던 해 봄에 내 아내와 나와의 사이에 마침내 정면충돌의 시기가 왔소. 이러한 내막은 아마 형도 모르시리라.

형도 아시는 바와 같이 내 맏딸년이 바로 정임과 동갑 아니오. 나는 정임을 내 딸이 다니는 보통학교에 넣어서 졸업도 함께하게 되었소.

그런데 문제는 어디 있는고 하니, 내 딸 순임이 정임이만 못한 데 있던 모양이오. 정임은 학교에서 수석이요, 내 딸 순임은 부끄러운 말이지마는 열째 이상에 올라가 본 일이 없구려. 게다가 정임이 창가를 잘해서 학교에서 귀염을 받는데 순임이년은 나를 닮았는지 창가와 그림이 아주 말이 아니오.

게다가 정임은 그 아버지 남 씨 집과 그 외가 장 씨 집의 미인 계통을 받아서 얼굴이나 몸이나 모두 미인이란 말이오. 내 딸년은 머리가 노랗고 길지를 못한데 정임은 동양식 미인의 특색으로 칠 같은 머리가 치렁치렁하지 않소.

이런 것이 모두 이유가 되어서 내 아내는 정임을 미워하였던 모양이오. 또 내 딸 순임이년도 제가 제 집에 붙어 있는 정임이만 못한 것이 마음에 불쾌하였던 모양이오.

"집도 없는 년이……."

하고 순임이 정임을 울리는 꼴을 내가 밖에서 돌아오다가 여러 번 보았소.

"정임이는 어느 학교에 보낼라오?"

하고 하루는 내 아내가 유쾌하지 못한 낯으로 바로 옷을 입고 나가려는 내 앞을 가로막고 물었소.

"순임이와 한 학교에 들여보내지."

하고 나는 물을 필요도 없다는 듯이 대답하였소.

"K 학교에?"

하고 아내는 또 묻소.

"그럼."

하고 나는 아내를 못마땅하단 듯이 바라보았소.

"정임이를 K 학교에 넣는다면 우리 순임이는 M 학교에 넣을
테요."

하고 내 아내는 뾰로통하였소.

나는 다만 한숨을 한 번 쉬고 나와 버렸소.

그러나 나는 아내의 속을 알아줄 양으로, 아내의 말대로 정임
을 K 학교에 넣고 순임을 M 학교에 넣었소.

그랬더니 의외에 하루는 내 아내가,

"순임은 학교에 아니 보낼라오."

하고 청천벽력의 딴소리를 하였소.

"왜 당신 하라는 대로 했는데 또 무엇이 못마땅해 그러오?"

하고 나도 적이 불쾌함을 느꼈소.

"그까짓 년은 학교에 보내서 무엇하오? 재주 있는 정임이나
좋은 학교에 넣어서 공부를 시키면 그만이지. 우리 순임이 같은
년이 공부는 해서 무엇하오? 순임이년은 집에서 바느질이나 가

르치고 부엌일이나 시켜 먹지."

하고 아내는 울기를 시작하오.

　나는 깨달았소. 내 아내의 생각에는 정임이 입학한 학교보다 내 딸 순임이 입학한 학교가 지위가 낮은 것으로 아는 모양이오. 여자의 말이란 흔히 뒤집어 들어야 되는 것인데, 나는 철없이도 내 아내의 말을 바로 들어서 정임을 K 학교에 순임을 M 학교에 넣었던 것이오.

　"그럼 어떡할까? 순임도 K 학교에 넣어 볼까, 그렇지 아니하면 정임을 M 학교로 옮겨 올까?"

하고 나는 아내의 마음의 화평과 가정의 화평과 또 정임이 내 아내와 순임에게서 미움을 덜 받게 하는 것과 이러한 여러 가지 사정을 생각하고 아무쪼록 아내의 비위를 맞추기로 결심을 하였소.

　"싫어요. 순임이는 학교에 안 보낼 테야요."

하고 아내가 이성의 판단력을 잃어버린 때에 순임이 뛰어 들어오지 않았겠소.

　"아버지, 나도 K 학교에 가. M 학교는 싫어!"

하고 떼를 쓰오.

　"이년. 네까짓 년이 학교가 무슨 학교야!"

하고 내 아내는 순임을 노려보고 낯에 핏대를 돋치며,

"징임이 같이 재주 있고 부모 없는 애나 학교에 다니지 너같이 소같이 생긴 년이 학교가 무슨 학교야? 인제부터는 부엌일이나 하고 걸레질이나 쳐!"

하고 소리를 지르지 않겠소.

K 학교는 입학 기일이 지나면 도무지 변통할 수가 없으니 어찌하오? 그래서 별별 운동을 다해 가지고 M 학교에 사정을 해서 정임이를 K 학교에서 끌어다가 M 학교에 넣었구려.

그러나 정임과 순임은 도저히 한 반에서 경쟁할 재질이 되지 못하지 않소? 시험만 치르면 정임은 첫째, 순임은 열다섯에서 스무째 안으로 오르락내리락하니, 이 때문에 내 아내의 불평은 끊일 날이 없었소.

나는 정임에게 너무 시험을 잘 치르지 말아서 순임이보다 한두 자리 밑으로 가라고도 하고 싶었으나 차마 어떻게 그런 말을 하오. 또 정임이나 순임이나 어느 애 하나를 다른 학교로 옮겨볼까 하기도 하였으나 그것인들 차마 어떻게 하오. 누가 보든지 웃을 것 아니오. 내 아내와 내 집안의 망신이 될 것 아니오.

"정임이는 K 학교에 입학했다가 왜 M 학교로 옮겨 왔어요?"

하고 묻는 이가 있으면 내 아내는 영절스럽게,

"아이, 기애들이 잠시나 떨어지랴나요? 둘을 딴 학교에 넣는다고 순임이년이 지랄을 해서 기예 정임이를 다려오고야 말았

답니다."

하고 설명하는 것을 나는 여러 번 들었소.

"아이참 어쩌면."

하고 듣는 사람들은 모두 두 아이가 서로 사랑한다는 것에 탄복하였소.

"나도 순임이하고 정임이하고 어느 애가 내 친딸인지 모르겠어요."

하고 아내는 더욱 신이 나서,

"순임이나 정임이나 무엇이나 꼭 같이 해 준답니다. 옷감을 바꾸더라도 꼭 같이, 먹을 것이 있어도 꼭 같이 저희들이 동갑이니깐 쌍둥이 같지요. 또 순임이년이 끔찍하지요. 생일이 정임이 먼저라고 '언니, 언니' 하고 그건 아주 친형제 같답니다. 또 이 애 아버지는 순임이보다도 정임이를 더 귀애하시지요."

이러한 선전까지도 하였소.

내 아내의 이러한 말을 나는 믿지 아니하지마는, 남들 중에는 아마 더러 믿는 이도 있고 아니 믿는 이도 있었을 것이오.

그러나 내 아내의 이러한 거짓말에서 나는 오직 한 가지 고맙게 여긴 것이 있었소. 그것은 내 아내도 '이렇게 하는 것이 옳다.' 하고 관념으로는 알고 있다는 것이오. 나는 내 아내가 관념을 행위로 표현하게 되기를 하느님께 빌고 단군 할아버지께 빌었소.

　이런 문제로 내 집에는 옥신각신이 끊일 날이 없었소. 아침 밥상을 대할 때부터 벌써 암투가 일기 시작하여 저녁에 내가 사무를 끝내고 돌아올 때와 저녁밥을 먹을 때와 침실에서까지 아내와 나와의 충돌은 끊일 줄을 몰랐소.

　나는 어디까지든지 '참자, 그저 참자.' 하고 꾹꾹 참았지마는 어떤 때에는 더 참을 수가 없어서 나도 폭발되는 때도 있었소.

　아시다시피 우리 집이 그리 큰 집이 아니니까, 우리 내외가 언쟁을 하게 되면 온 집안이 다 알 수밖에 없지 않소. 순임이나 정임이도 알 것이요, 집안 하인들도 다 알게 되지 않소. 또들 싸운다 하고 다들 시끄럽게 생각했겠지요. 정임이 만일 우리 내외가 싸우는 원인이 자기인 줄 알면 얼마나 괴롭겠소. 나는 그것을 생각하면 가슴이 아팠소.

　정임이,

　"학교 갑니다."

하고 책 보퉁이를 끼고 우리 내외가 낯을 붉히고 앉았는 곳에 와서 인사를 하고 돌아설 때마다 나는 눈물이 쏟아질 듯하였소.

　"그년이 왜 하필 이런 때에 들어와서 인사를 해? 암말도 말고 학교에를 가든지 말든지 하지."

하고 내 아내는 정임의 댕기꼬리가 중문에서 스러질듯 말듯 이렇게 중얼거렸소.

순임이년은 나더러는 학교에 간다는 인사도 다녀왔다는 인사도 안 하고 내가 안방에 있으면 힐끗 보고는 다른 방으로 달아나 버리고 마오. 그년이 제 어미 이상으로 나를 미워하고 정임을 미워하는 모양이오.

"글쎄 왜 불쌍한 어린것을 미워하오?"

하고 나는 참다못하여 한마디를 던져 보오.

"어린것? 흥."

하고 내 아내는 조롱하는 어조로,

"나이가 열여섯인데 어린 게야?"

하는 아내의 말에서 나는 놀라운 무엇을 발견하였소. 그리고 하도 의외요, 또 무서워서 몸에 소름이 끼침을 깨달았소.

내 아내의 눈에는 정임이 점점 자라는 것을 무심하게 보지는 못하였던 것이오.

인제는 다만 정임이 딸 순임보다 학교 성적이 좋다는 것만이 아내의 마음을 괴롭게 하는 것이 아니요, 정임에게 대하여 일종의 불안과 질투를 느끼는구나 하는 것을 발견할 때에 내가 어떻게 놀라지를 않겠소.

나는 '이것 큰일 났구나.' 하고 여러 가지로 방침을 생각해 본 결과로 하루는 내 아내가 좀 기분이 좋은 때를 엿보아서,

"여보, 정임이를 기숙사로 들여보냅시다."

하는 제안을 해 보았소. 내 생각에는 이 제안은 반드시 아내의 환영을 받으리라고 믿었던 것이오.

"기숙사에는 왜요?"

하고 아내는 내 말의 진의를 의심하는 듯이 신문을 보던 눈을 들어서 나를 바라보오.

"당신도 그 애 때문에 늘 노심이 되는 모양이니 그 애를 기숙사로 들여보내면 문제가 없지 않소? 당신도 요새 몸이 늘 약하고 불편한 모양인데 한 가지라도 근심을 더는 것이 좋지 않소? 우리 그렇게 합시다. 정임이를 내일이라도 기숙사로 들여보냅시다."

하고 내 아내의 비위를 아니 거슬리도록 좋은 말로 권유하는 태도를 취하였소. 내 아내는 정임이를 차마 내놓지 못하는데 내가 우겨서 기숙사로 보냈다는 형식이 되어야만 세상 체면에도 괜찮고 내 아내의 비위에 맞을 것같이 진단을 하였던 것이오.

"내가 정임이를 미워하니깐, 정임이 내 미움 받는 것이 애처로워서 그러시는구려?"

하고 내 아내의 히스테릭한 검은 구름이 또 일기를 시작하였소.

"왜 그렇게 말을 하오?"

하고 나는 내 진단이 오진이요, 내가 쓴 약이 예상과 반대되는 효과를 발한 것을 발견하였소.

이렇게 오진되고 약을 잘못 쓰는 일은 가끔 있는 일이지마는 이번만은 내가 무척 생각해 내어서 한 일인데, 참 내 아내의 마음은 신변 불가측인 것을 깨닫지 아니할 수 없소.

"왜? 내 말이 당신 생각을 꼭 알아맞혔으니깐 좀 가슴이 뜨끔하오?"

하고 내 아내는 둘째 살촉을 내 심장을 향하고 들이쏘았소.

"그럼 어떡하면 좋단 말요?"

하고 나는 역습하는 태도를 취하지 아니할 수 없었소.

"그럴 것 있소?"

하고 내 아내는 더욱 날카롭게,

"당신이 어디 집을 따로 얻어 가지고 정임이를 데리고 사시구려. 그러면 좋지 않아요? 당신도 집이라면 지긋지긋한 모양이요, 또 내나 아이들이 다 미워서 못 견딜 모양이니 당신만 정임이를 데리고 따로 나가 살면 좋지 않아요? 꺼릴 것 무엇 있소? 그러면 소원 성취 아니오? 내야 아이들 데리고 죽든지 살든지 당신 관계하실 것 없지 않아요?"

이렇게 나오는구려.

"그게 무슨 말법이란 말요?"

하고 나는 성을 내지 아니할 수 없었소.

나는 아내의 마음이 이처럼 벌써 정임에게 대하여 마치 시앗(남편의 첩)이나 되는 것같이 질투의 불길을 뿜으리라고는 생각지도 못하였소.

정임은 내 딸이나 마찬가지 아니오. 딸 같은 정임에게 대하여 어미 같은 아내가 아비 되는 나에게 대하여 질투를 가진다고 생각하면 참으로 불쾌함을 금할 수가 없었소.

그도 내가 원체 허랑한 사람이어서 이 계집 저 계집 함부로 따라다니는 사람이라면 모르겠소.

형도 아시다시피 아내나 내가 다 같은 열여덟 살 동갑으로 부모가 짝을 지어 주서서 혼인한 뒤로는 나는 어느 여자 하나 팔목 한 번 만져 본 일도 없는 사람이 아니오. 나는 사십 평생에 일찍 외입이라는 외 자나 연애라는 연 자도 모르는 사람이 아니오. 나는 교회의 직원으로 학교의 교원으로 그래도 똑바로 깨끗한 길을 걸어오노라고 애를 쓴 사람이오.

그야 나도 사내니까 유시호 마음에 일종의 적막을 느끼는 때도 없지는 않았소마는 그러나 내 의지력과 내 신앙은 그 모든 것을 눌러 버리고 살아온 사람이 아니오. 그런데 어쩌면 내 아내가 생각하면 기가 막히는 일이오.

그러나 나는 가만히 생각해 보았소. 아내도 그때 벌써 나이 사십을 바라보았소. 그는 아이를 다섯이나 낳았고 또 빨리 늙는 부얼부얼한 타입의 여자여서 삼십이 얼마 안 넘어서부터 얼굴에는 중년의 빛이 보였소. 더구나 늑막염을 앓고 난 뒤로는 몸이 바짝 수척해지고 신경만 날카로울 대로 날카로워져서 제 속을 제가 끓이고 있었소.

이러한 아내이니까 정임과 나에 대해서 그런 잘못된 상상을 하는 것도 무리는 아니리라고 생각하고 다만 혼자 한탄하고 혼자 기도할 뿐이었소.

그럭저럭 순임이와 정임이는 고등 보통학교를 졸업하였소. 내 딸 순임이는 스물둘째로, 정임이는 첫째로, 그리고 정임이는 학교의 규정에 의해서 교비생으로 동경여자고등사범학교로 유학을 보내기로 학교에서 작정하고 내게 동의를 구하였기로 나는 기뻐서 동의하였소.

정임이 명예로운 교비 유학을 가게 된 것이 기쁘다는 것보다는 우리 집에 가정 불화거리가 없어진 것이 기뻤소. 정임이 동경으로 가 버린 뒤에야 다시 무슨 내외 싸움거리가 있겠소. 그리되면 아내의 건강도 회복되고 과민한 신경도 가라앉아서 지나간 삼사 년간에 마음 편한 날 없던 내 생활도 좀 안정되리라, 그리되면 정돈되었던 내 사업도 좀 진전되리라 하고 기뻐하였던 것이오.

내일 아침 차로 정임이 일본으로 떠난다는 날, 나는 정임이에 대한 송별의 의미로 정임과 아내와 순임과 또 M 학교 교장 L 씨와 여자 교원 두 사람을 조선 호텔로 초청하여 만찬을 대접하였소. 아직 진달래가 필락 말락한 이른 봄이요, 바깥에는 찬바람이 부나 호텔 안은 여름날과 같이 따뜻하였소.

나는 택시 하나를 불러내 아내와 정임과 순임을 뒤에 앉히고 나는 운전수 곁에 앉아서 지극히 유쾌한 기분으로 육조 앞으로 황토마루로 자동차를 몰아 조선 호텔 현관으로 달려들었소. 진실로 이날같이 기쁜 날, 몸이 가뿐한 날을 나는 그때까지 삼사 년래에 경험한 일이 없었소.

우리 식당은 조그마한 별실이었소. 밝은 전등에 비친 고전식 붉은 방 장식과 카펫과 하얀 식탁보와 부드럽게 빛나는 은 칼과 삼지창(포크)과 날카롭게 빛나는 유리그릇과 그리고 온실에서 피운 가련한 시클라멘, 모두가 몽상 같고 동화의 세계 같았소.

"자, 잡수시지요."

나는 손님들에게 권하였소.

내 아내도 유쾌하게 손님들과도 이야기하고,

"저 어린 걸 혼자 동경으로 보내니깐 마음이 아니 놓입니다. 또 이 애가 몸이 좀 약한데 원, 수토불복이나 안 될지 모두 염려가 되어요."

하고 애정 가득한 눈으로 정임을 돌아보면서 선생들께 걱정을 하오.

그것이 어떻게나 나를 기쁘게 하였던지 이루 형언할 수가 없었소.

"그럼요, 참 쌍둥 따님과 같이 기르셨는데 친따님인들 어떻게 그렇게 귀애하실 수가 있어요?"

하고 내 집에 늘 가정 방문 오던 여선생이 감격에 넘치는 듯이, 입으로 가던 삼지창을 멈추고 내 아내와 정임을 번갈아 보아 가면서 말하오.

"무얼 잘해 준 게야 있나요."

하고 내 아내는 겸양의 수삽한 빛을 보이며,

"정임이는 원체 얌전하니까 도무지 말을 이르지 아니하였답니다. 되려 순임이 말을 이르지요."

하고 순임을 돌아봅디다.

다들 순임을 보고 웃었소. 나도 하도 유쾌하여서 소리를 내어 웃으며,

"우리 순임이는 남자 칠 분에 여자 삼 분이어든. 하하하하."

하고 농담을 하였소.

또 다들 웃었소.

그러나 나는 순임의 낯빛이 파랗게 질리고 눈이 샐쭉하는 것을 보았소. 그리고 내 아내의 낯빛에도 불쾌한 빛이 도는 것을

보았소. 나는 '아차' 하고 놀랐으나 엎지른 물을 다시 주워 담을 수는 없었소.

이때에 정임은 삼지창을 들다가 도로 놓으며 고개를 숙이는 모양이 내 눈에 띄었소.

'아 과연 정임은 미인이로구나.' 하는 생각이 번개같이 내 몸에 찌르르하고 돌았소.

내 아내가 작별 선물로 지어 준 진달래 꽃빛 나는 양복과 틀어 올린 검은 머리는 정임을 갑자기 더 미인으로 만든 것 같았소. 그 투명한 살이 전깃불에 비친 양은 참 아름다웠고 가벼운 비단 양복이 그리는 몸의 선, 그리고 고개를 푹 수그린 양은 말할 수 없이 아름다웠소. 나는 처음 이렇게 아름다운 정임을 발견하였소.

다음 순간에 정임이 혼란하던 어떤 감정을 진정하고 고개를 가만히 들어 정면을 정향 없이 바라볼 때는 그 두 뺨에는 홍훈이 돌고 검고 큰 눈에는 눈물이 빛났소.

정임은 다시 고개를 숙여 하얀 목덜미를 보이며 소매 끝에 넣었던 손수건으로 두 눈을 잠깐 눌러 눈물을 찍어 내었소. 어떻게도 가련한 동양적, 고전적 미인의 선인고! 리듬인고!

식당은 조용하였소. 사람들의 시선은 다 정임에게로 모였소.

저 자신으로, 감정으로 바쁘던 내 아내와 딸 순임의 시선도 마침내 정임에게로 돌아왔소.

나는 지금까지 가졌던 모든 유쾌한 것, 모든 몸이 가뿐하던 것을 다 잃어버리고 머릿속과 가슴속이 무겁게 막히는 듯함을 깨달았소.

나는 은 집게로 호두를 깨뜨리며 전신에 힘을 주어서 내 혼란한 감정을 눌러 버렸소.

'내가 왜 이랬나?'

나는 지금도 모르오. 그러나 그때 생각을 하면 지금도 꼭 그때와 같이 머릿속과 가슴속이 뻐근하여짐을 깨닫소.

"순임이는 음악을 배우나?"

하고 교장 선생님이 입을 열었소. 이 말은 식당 무거운 침묵을 깨뜨렸소.

"네에."

하고 순임이 들릴락 말락 하게 대답하였소.

사람들은 가까스로 무겁고 괴로운 감금에서 풀려 나온 듯이 다시 유쾌하게 이야기를 시작하였소. 나는 이때에 이 교장의 현명한 처치를 무한히 감사하고 속으로 칭앙하였소.

"가사과를 하라고 애 아버지는 그러시지만 음악을 배운다고 떼를 쓴답니다."

하고 내 아내도 이 자리의 중요성을 깨달아서 낮에 나타났던 불쾌한 빛을 거두고 웃고 말을 하였소.

"제가 하고 싶어 하는 것을 시키시지요."

하고 교장은 점잖게 말하였소.

"그것 보세요. 교장 선생님도 안 그러세요?"

하고 내 아내는 후원자를 얻은 자랑으로 나를 보고 웃었소.

나는 순임이 음악에 재주가 없는 것을 잘 아오. 원체 나와 내 아내가 둘이 다 도레미파도 분명히 구별할 줄 모르는 귀를 가진 사람들이니 그 속에서 음악가가 어떻게 나오겠소. 우리 조상 중에라도 음악가가 있다면 격대 유전이라도 될 수 있겠지마는 내가 아는 한에서는 우리 조상 중에는 시조 한마디 부를 줄 알았다는 말을 듣지 못하였소.

그래서 나는 순임이년이 음악을 배운다는 것을 반대하고 가사과를 배워서 중등 교원 자격이라도 하나 얻어 주려고 하였던 것이오.

이것을 내 아내는 내가 순임이 음악과에 들어가는 것을 반대하는 것은 순임이를 미워하는 까닭이라고만 해석하고 또 순임이년도 꼭 그렇게만 해석하고 있었던 것이오.

"당신더러 피아노 사 달라고 안 할 터이니 순임이를 제 소원대로 음악과에 들어가게 해요. 정말 피아노가 필요하면 내가 친정에 가서 돈을 얻어서라도 오리다."

이 모양으로 내 아내는 나를 딸을 미워하는 아비로만 만들어 놓은 것이오.

"글쎄, 교장 선생께서 음악과로 가라시면 가려무나."

하고 나는 이 좌석을 유쾌하게 하기 위하여 즉석에서 허락하는 뜻을 표하였소.

"아버지, 나 음악과에 가요?"

하고 순임은 갑자기 희색이 만면하여 내게 물었소.

나는 오륙 년래로 딸년한테 이렇게 기쁜 낯으로 말을 받아 본 적이 없었소.

"그래, 내일 청원해라."

하고 나는 선선하게 대답하였소.

"나 음악과에 가!"

하고 순임은 뛸 듯이 제 어머니와 정임을 바라보았소.

이날 밤의 만찬회는 이 모양으로 여러 가지 방면으로 큰 성공을 하였소. 불과 삼십 원 돈이 이처럼 큰 효과를 내리라고는 예상도 못 하였던 것이오.

이튿날 열 시 급행에 우리 가족은 전에 없이 유쾌한 생각으로 정거장에서 정임을 전송하기로 되었소. 나는 정임의 짐을 손수 들어다가 제 자리에 실어 주고 여행 중에 소용될 일체를 내가 내면 혹시 집에를 올까, 올 필요는 무엇인가. 시집이나 갈 때가 되면 내가 주혼자가 될까, 그겐들 알 수가 있나? 나는 이렇게 생각한 것이오.

이렇게 생각하면 오늘 정임이를 떠나보내는 것이 영원한 이별 같아서 퍽 섭섭하고 또 정임이 생각나는 대로는 다 장만하여 주었소. 가령 풍침이라든지, 차중에서 볼 잡지라든지, 정임이 몸이 약하기 때문에 혹시 배 멀미나 아니할까 하여 인삼과 시식이라는 멀미약까지도 장만해서 휴대 약 케이스에 넣어 주었소.

내가 친구의 여덟 살 된 딸을 데려다가 십여 년이나 길러서 이젠 먼 길을 떠나보내게 될 때에 이만한 일이야 아니할 수가 있소. 더구나 이번에 정임이 내 집을 떠나면 인제부터는 독립한 생활을 하게 될 터이니 다시 내 집을 의뢰하지는 아니하게 될 것이오. 정임이의 방학이 불쌍도 하였소. 그래서 나는 지갑에서 돈 삼십 원을 꺼내어서 내 아내가 보지 않는 데서 정임의 손에 쥐어 주고,

"책값이라든지 용돈이 부족하거든 기별해라."

하고 따르르하는 소리에 차에서 내리면서 나는 정임의 어깨를 두어 번 두드려 주었소.

이때에 나는 정임의 어깨가 떨리는 것을 깨달았소. 정임은 손수건을 눈에 대고 울음이 터진 것이오.

차는 떠났소. 정임의 수없이 고개를 숙이는 모양이 보였소.

내 눈에도 눈물이 고임을 깨달았소. 나는 이 눈물을 남의 눈에 뜨이지 아니하게 할 양으로 외면하고 눈을 씻었소.

정임이 동경으로 가 버리니 집안은 편안하지마는 어째 쓸쓸하여진 것 같았소. 정임이 집에 있더라도 별로 이야기가 있던 것도 아니었소. 안방 머릿방인 제 방에 박혀서 공부나 하고 혹시 저녁을 먹을 때에 온 가족이 한방에 모임이 있을 때에나 보았을 뿐이오.

그러하였건마는 정임이 집을 떠나고 보니 구석이 빔을 아니 깨달을 수가 없었소. 딸을 시집보낸 것과도 달라서 아주 내 집과는 인연이 끊어지는 것이니까.

그렇지마는 가정불화의 원인이 없어진 것만 다행이었소.

순임이는 첫째는 소원대로 음악과에를 들어갔고, 둘째로 이길 수 없는 경쟁자이던 정임이 없어져서 좋아하고 날뛰고 내 아내도 그로부터는 짜증을 내는 일이 줄었소. 그리고 아내와 딸이 내게 대한 태도도 돌변하여서 정말 남편과 아비에게 하는 아내와 딸의 태도가 되었소.

예전 같으면 아침에 내가 집에서 나올 때에도 본체만체, 딸년이 책보 끼고 학교에 갈 때에도 본체만체할 것이지마는 정임이 동경으로 가 버린 뒤에는 아내도,

"오늘 일찍 오시우?"

한다든지,

"점심은 청년회 식당에서 잡수시구려."

하고 나를 아끼는 태도도 보이고, 순임이도,

"아버지, 나 바이올린 하나 사 주우."

하고 책상 앞에 앉았는 내 어깨 뒤에 와서 어깨를 흔들고 어리광을 하게 되었소.

작은딸년도 전보다 더 아버지, 아버지 하고 따르게 되었소. 우리 가정은 근 십 년 만에 처음 봄을 만난 것같이 화락하게 되었소.

나도 처음에는 정임의 존재, 아무 죄 없는 정임, 친구의 딸인 정임의 존재를 가정불화의 원인으로 만든 내 아내와 딸의 야박한 마음을 불쾌하게 생각하였지마는 '오, 이것이 인정이로구나.' 하고 깨달은 뒤에는 '애초에 내 처치가 잘못되었다. 애초에 정임을 집에 둘 것이 아니었다.' 하고 뉘우쳤소.

그렇지마는 형! 그렇지마는 내 가슴속에는 정임이 없는 것이 대단히 적막함을 어찌하오. 멀리 보낸 딸을 생각하는 아비의 정이겠지, 이렇게 생각하였소.

정임은 학교의 요구대로 고등 사범학교의 이과에 들어가서 박물 공부를 하게 되었다는 편지가 왔소.

그 후부터 여름 방학이면 그래도 내 집을 집이라고 돌아와서 내 가족과 같이 해수욕도 다니고 산에도 다녔소. 박물 공부를 한다 하여 정임은 조가비, 벌레, 풀꽃, 돌멩이를 줍기로 낙을 삼고, 내 딸 순임은 음계도 잘 안 맞는 소프라노와 바이올린을 삐삐거리고 스스로 도취하고 있었소.

그리고 나는 내 아내와 딸의 심리를 알기 때문에 정임에게 대하여서는 전연 모르는 체를 하고 있었소.

그러나 정임의 적막해하는 양이 가끔 태도에 나타날 때에, 더구나 정임의 건강이 좋지 못해서 서울 있을 때보다도 퍽 수척해진 것을 볼 때에 나는 불쌍한 생각을 금할 수가 없었소.

"너 어디 불편한 데는 없느냐?"

하고 나는 어느 날 이렇게 묻지 아니할 수 없었소.

"아뇨, 아무렇지도 않습니다."

하고 정임은 잠깐 웃었소.

"글쎄, 그 애가 무척 수척했어."

하고 곁에 있던 내 아내도 걱정을 하였소.

"너 음식이 맞지 않는 게로구나. 공부를 너무 해서 그러냐. 집이라고 와서도 잘 먹이지도 못하고."

하고 내 아내는 정임을 위하여 고기나 생선을 사서 한두 가지 반찬도 더 놓아 주었소.

그렇지마는 그런 걱정을 하는 내 아내도 웬일인지 근래에는 건강을 잃어서 많이 수척하였소. 그래서 여름이 되면 나는 가족을 혹은 금강산에, 혹은 원산에, 석왕사에 몇 주일씩 피서를 시켰던 것이오.

내가 보기에는 내 아내나 정임이나 거의 같은 병이 아닌가 하오. 혹시 결핵성 병이나 아닌가 하오.

그래서 돌 지난 희놈을 어미 곁에 두는 것이 대단히 마음이 놓이지 아니하였으나, 신경이 날카로운 아내에게 그런 말을 할 수도 없고 병원에 가서 진찰을 하랄 수도 없었소.

이 모양으로 내 가슴속에는 아내의 건강에 대한 근심, 정임의 건강에 대한 근심, 또 젖먹이의 건강에 대한 근심으로 편안할 날이 없었소.

이를테면 정임이 동경으로 간 후 한 이태 동안이나 마음이 편안하였을까.

나는 아침이면 일어나 학교에 가서 오후 네 시까지 일을 보고, 그리고는 집에 돌아와서 내 아내의 마음을 편하게 하기에 전력을 다하였소.

첫째로 아내가 좋아하는 것은 남편이 집을 떠나지 않는 것임을 깨달았소. 그렇지마는 너무 내외가 함께만 있어도 또 충돌이 생기기 쉬운 것도 깨달았소. 더구나 아내가 몸과 마음이 건강치 못할 때에는 남편의 고심이 여간이 아닌 것도 체험하였소. 그렇지만 내 아내는 병자가 아니오?

그는 외마디 기침을 시작하고 오후에 가끔 신열이 나고 밤에는 식은땀을 흘리고 사지가 쑤신다고 하고 짜증을 내고, 그러면서도 어린애는 안심이 안 된다 하여 유모도 안 대고 이러한 병자가 아니오? 어떻게나 하면 이 아내를 편안하게 하여 줄까.

만일 내 팔이나 내 다리 하나를 잘라서 아내의 몸과 맘을 편안히 할 수가 있다고 하면 나는 시각을 지체하지 아니하고 잘라 버릴 것이오.

"의사를 좀 보입시다."

하고 나는 참다못하여 진찰을 권하였소.

"의사는 왜 보우? 어서 병이 들어서 죽었으면 시원하겠소?"

하고 아내는 도리어 성을 내오. 원체 기승한 아내는 제가 병 있는 사람이라는 것을 승인하고 싶지 아니하였던 것이오.

그래서 부득이 나는 친한 의사 한 분을 청하여서 저녁을 대접하였소. 바로 형도 잘 아시는 Y 박사 말이오.

아내는 삼십칠 도 오 분이나 되는 신열을 가지고도 몸소 만찬을 분별하였소. 가끔 기침이 날 때에는,

"아이구, 감기가 들어서."

하고 연해 변명을 하였소.

"부인, 좀 쉬셔야겠습니다."

하고 Y 박사는 해쓱한 내 아내를 바라보면서,

"애기는 돌도 지났으니 유모에게 맡기시지요. 그리고 어디 가서서 두어 달 편안히 쉬시지요."

하고 권하였소.

Y 박사의 말에 아내의 낯빛은 아주 핏빛을 잃어버렸소. 그리고 숨이 높아지는 것이 아무의 눈에나 보였소.

"어머니 손이 얼음장이오."

하고 순임이 제 어머니 손을 만져 보고 걱정스럽게 말하였소. 이 장난꾼인 순임이년도 그때야 제 어머니가 심상치 아니한 것을 깨달은 모양이오.

Y 박사의 말에 겁을 집어먹고 아내는 진찰을 받기를 허락하여서 저녁이 끝난 뒤에 Y 박사의 진찰을 받았소. Y 박사는 벌써 이 준비로 청진기와 검온기 등속을 가방에 넣어 가지고 왔던 것이오.

아내의 가슴을 보고 난 Y 박사는,

"감기가 기관지염이 되었습니다. 좀 쉬시면 괜찮으시겠습니다. 요새 환절에 조심 아니하시면 병이 중해지십니다. 네, 무얼 염려하실 것은 없지마는 그래도 지금 잘 조리를 하셔야지요. 글쎄, 이렇게 해 보시지요."

하고 Y 박사는 이윽히 생각한 끝에,

"애기도 인제는 젖 떨어질 때도 되었으니 어느 새너토리엄에 좀 가 계시지요. 일본에라도 두어 달 계시면 좋으실 것입니다."

이렇게 말하였소.

Y 박사가 돌아간 뒤에 내 아내는 마치 사형 선고나 받은 것처럼 울기를 시작했소.

"그럼 내가 폐병이란 말이지?"

하고 아내는 미친 듯이 울었소.

"폐병은?"

하고 나는 아내를 속이려 들었소.

Y 박사가 대문 밖에 나서면서 나더러,

"상당히 중하시오."

하고 자기의 오른편 가슴을 가리켰소.

나는 그때에 다만 휘우 하고 한숨을 쉬었소.

"그렇지마는 어린애는 어머니한테서 떼시는 것이 절대로 필요합니다. 결핵이란 어른에게는 별로 옮는 것이 아니지마는 어린애에게는 반드시 옮는다고 하여도 과언이 아닙니다."

하고 Y 박사는 힘을 주어서 말하였소.

이 말을 들으니 더욱 가슴이 무거워지오. 희가 내 외아들이라고 해서, 또 만득자라고 해서 그런 것이 아니지마는 내 집을 믿고 온 손님을 종교적으로 말한다면 하느님께서 내게 맡긴 어린 손님 하나를 부모의 죄로 병이 들게 한다는 것은 차마 못할 일이 아니오.

그래서 나는 용기를 내어서 내 아내더러,

"여보, 희를 유모를 얻어 맡기고 당신은 쉬시오. 그러다가 병이 점점 더하면 어찌하오?"

하고 차마 희에게 병이 옮으면 안 되니 쉬란 말은 못 하였소.

"왜요? 내 병이 폐병이래요?"

하고 내 아내는 눈을 크게 뜨고 묻소. 그는 희를 안고 앉아서 젖을 먹이고 있소.

"폐병이라고는 아니 합디다마는 그대로 두면 폐병이 될는지도 모른다고 합디다. 그럴 거 아니오? 성한 사람도 어린애 젖을 먹이고는 못 배기는데 몸이 약한 사람이 어린애 젖을 먹이고 배기겠소. 또 돌만 지나면 젖을 떼는 것이 아이한테도 좋답디다."

나는 어디까지든지 내 아내에게 폐병이라는 말을 알리지 않기로 결심하였소. 내가 일찍 아내에게 거짓말을 해 본 일이 없는 사람인데, 비록 이런 말이라도 속이는 것이 아닐까 해서 여간 마음이 거북하지를 아니하였소.

내 아내는 내 말의 뜻과 내 생각의 뜻을 비교하는 모양으로 한참이나 나를 바라보더니, 갑자기 두 눈에서 눈물을 흘리며 희를 쳐들어 들여다보고,

"희야, 엄마가 폐병이면 어떡하나. 엄마 병이 옮으면 어떡하나. 그렇기로 이 풋솜 같은 것을 남에게 어떻게 맡기나."

하고 흑흑 느껴 울기를 시작하오.

"왜 우시오? 울면 몸에 더 해롭지 않소?"

하고 나는 아내를 위로하였소.

"울지 마우. 두어 달만 정양하면 낫는다는 걸 무얼 그러우? 저, 신열 나리다."

아무리 위로하여도 아내는 울음을 그치지 아니하오. 소리까지 내어서 울게 되었소.

엄마가 우는 것을 보고 희놈도 으아 하고 울기를 시작하였소. 비록 말은 알아듣지 못하여도 그 어머니의 슬퍼하는 것이 통한 모양이오.

"내가 희를 가까이해선 안 되지요?"

하고 내 아내는 한 번 더 희를 꽉 껴안아 보고는 방바닥에 떼어 놓으려 하였소.

희는 바람이나 일 듯이 엄마에게서 안 떨어지려고 울고 달라 붙었소. 나는 마침내 터지려는 울음을 참지 못하여 마루로 나오고 말았소.

내 아내는 사람을 놓아 유모를 구하기 시작하고 일변 신문에 '유모 구하오.' 하는 광고를 내었소. 내 집에는 아침부터 저녁까지 유모 후보자가 들끓었소. 직업은 없고 살기는 어려운 때요, 게다가 엄동이 가까워 오는 때라 그들은 젖을 자본으로 과동할 시량을 얻으려는 것이오.

내 아내는 몸소 이 유모들의 선을 보았소. 어떤 사람은 늙어서 못 쓰고, 어떤 사람은 너무 젊어서 못 쓰고, 어떤 유모는 너무 모양을 내서 못 쓰고, 또 어떤 유모는 너무 몸 거둘 줄을 몰라서 못 쓰고, 이런 흠 저런 흠 다 고르고 나면 그 수많은 후보자 중에 쓸 만한 유모가 별로 없었소.

그래도 내 아내는 사십당이 넘어서 낳은 첫아들이요, 막내아들을 아무러한 유모에게나 함부로 맡길 마음은 없었소. 그래서 오면 보내고 오면 보내고 하기를 아마 이십여 명은 더 하였을 것이오.

"유모 어디 고르겠소?"

하고 하루 저녁에는 내 아내는 실망하는 듯이 한탄하였소.

그는 이틀 동안이나 많은 유모를 시험하기에 그만 진저리가 난 모양이오.

"글쎄, 이거 봐요. 제 자식을 떼어 놓고 온 년이야 이 애를 보면 밤낮 제 자식 생각만 하지 아니하겠어요? 또 제 자식 죽이고 온 년의 젖은 먹이고 싶지 않고, 호랑이같이 흉악한 년의 젖도 먹이고 싶지 않고, 암만해도 유모는 못 얻겠어."

하고 아내는 제 누이하고 앉아서 놀고 있는 희를 보오.

셋째 날 쓸 만한 사람이 왔으나 피를 빼어서 검사하자는 말을 듣고 달아나 버리고, 넷째 날에 온 유모는 회충이 있으니 회충을 빼자고 했더니,

"별집을 다 보겠네. 회 없는 사람이 어디 있담."

하여 엉지회가 빠지면 큰일 난다고 달아나 버리고. 하다하다 못하여 소아과에서 간호부로 있던 여자 하나를 데려다가 아이 보는 조수 하나를 붙여서 희를 기르기로 작정이 되었소.

잘 때에는 희도 엄마를 찾고 울고 엄마도 희를 찾고 울어서 며칠 동안은 밤만 되면 집안이 울음판이 되었소.

그러나 사람이란 희랍 신화에 있는 말과 같이 잊어버리는 재주가 있기 때문에 희놈도 간호부를 아주머니라고 불러서 따르게 되고 아내도 희를 떼어 놓고 잘 수도 있게 되었소.

이렇게 희를 어머니에게서 떼는 사건이 일단락이 되어서 좀 마음을 놓으리만큼 되었는데, 이리하여 하루 이틀 마음을 펴고 내가 보는 학교의 일을 좀 볼까 할 때에 또 벼락이 내렸소.

'ナンテイニンキフビヨウスグコイ オホヤマ(남정임급병즉래 오야마).'

라는 전보가 떨어진 것이오.

내가 학교의 직원 회의를 마치고 돌아오니까 아내가 이 전보

를 내게 보였소. 오야마라는 것은 동경여자고등사범학교 기숙사 사감의 이름인 것은 아내도 알고 나도 아는 일이오.

"이 애가 무슨 병일까?"

하고 내 아내는 물었소.

전보가 오전에 온 것을 곧 학교로 기별도 아니하고 내가 돌아오기를 기다린 무성의를 나는 원망하였소. 만일 순임이 동경에 가서 급한 병이 났다고 하면야 이럴 리가 있으랴 하면 마음이 괴로웠소.

내가 이 전보를 받고 어떻게 놀라고 비통해하는 빛을 보였던지 아내는 도무지 말이 없소.

예사 때 같으면 나는 아내에게 의논을 할 것이지마는 이런 급한 경우라 나는,

"밤차로 가 보아야겠소."

하고 선언을 하였소.

그리고 저녁상도 받는 듯 마는 듯 나는 내 손으로 짐을 싸 가지고,

"몸조심하시오."

하고 아내에게 작별 인사를 하고 희를 한 번 안아 보고 잘 보아 주어서 체하거나 감기 들리지 말고 울리지 말라고 신신 부탁하고 정거장으로 나갔소.

순임이 무슨 생각이 났는지 정거장까지 따라 나와서,

"아버지, 언제 오세요?"

하고 묻고, 차가 떠날 임박에,

"아버지, 이번 길에 나 피아노 하나 사다 주세요."

하고 졸랐소.

"돌아댕기지만 말고 네 어머니 잘 위로해 드려!"

하고 피아노를 사다 준다든지 아니 사다 준다든지 약속은 아니
하고 떠났소.

그러나 마음에는 순임에게 피아노를 하나 사 주고도 싶었소.
잘하나 못하나 내년이면 졸업인데 집에 피아노 하나 없는 제 마
음이야 픽 섭섭할 것을 동정하였소.

야마하 피아노면 오백 원짜리부터 있지마는 순임의 눈에 그
런 것이 들 리는 없고 적어도 이천 원 돈은 들여야 순임의 비위
를 맞추겠으니 딸의 아비 되기도 어려운 일이라고 생각하였소.

차 속에서 나는 순임을 생각해 보았소. 그년이 도무지 아비를
아비로 알지 아니하고 제 어미와 부동하여 아비를 헐기만 하는
것을 보면 괘씸하기도 하지마는, 그래도 그것이 내 딸이 아니
오. 내 첫자식이 아니오. 자식 미워하는 아비가 어디 있겠소? 순
임이년이 좀 더 내 눈에 들게만 굴면야 아무런 짓을 하기로 음
악과에 다니는 저를 피아노 하나야 안 사 주었겠소. 원체 그년

이 나를 적대하니까 나도 가벼운 반감을 가지게 된 것이오.

순임이년 하는 일을 보구려. 아비가 먼 길을 떠난대도 집구석에 숨어 있고도 모른 척하고 있다가 피아노 하나를 조를 생각이 나서 정거장으로 주르르 따라 나온 것을 나는 차 속에서 순임이년의 행사를 생각하고 혼자 웃었소. 아비의 생각에는 이런 것도 다 귀엽게 보이는 것이오.

동경에 가는 길로 나는 여자고등사범학교 기숙사를 찾았소. 때는 오전 여덟 시쯤.

오야마라는 사람은 아직 집에서 나오지를 아니하고 어떤 일본 여학생이 나와서 접대를 하오.

"나는 조선서 왔습니다. 남정임의 보호자입니다. 오야마 선생의 전보를 받고 왔는데, 남정임의 병이 어떠합니까?"
하고 물었소.

"네, 그러십니까."
하고 그 여학생은 다시 공손하게 일본식으로 두 손을 다다미에 짚고 절을 하더니,

"남정임 씨는 그저께 T 대학 병원에 입원하였습니다. 갑자기 각혈을 하여서."
하고 동정하는 낯빛으로,

"잠깐만 기다리십시오. 남정임 씨와 한 방에 있는 동무를 불

러 오겠습니다."

하고 그 여학생이 일어나서 통통통 걸어간 지 얼마 만에 웬 양복 입고 키 큰 여학생 하나를 데리고 와서 내게 소개를 합니다.

나는 그 양복 입은 이의 골격을 보아서 이것이 조선 학생인 줄을 알았소.

"이 어른이 지금 조선으로부터 오신 어른이신데, 남정임 씨 보호자시라고."

하고 그 양복 입은 여학생에게 나를 먼저 소개하고 다음에는 나를 향하여,

"이이가 긴 상이라고 남정임 씨하고 한 방에 있는 이입니다."

하고 소개를 하오.

그리고는 내가 김이라는 여학생과 이야기하는 동안 그 일본 학생은 곁에서 가만히 듣고만 있소.

"정임이 어떻게 병이 났어요?"

하고 내가 양복 입은 학생에게 물은즉, 그 학생의 대답은 이러하였소.

"오래 불면증으로 잠을 잘 못 자고 애를 써서 몸이 좀 약해졌는데, 그저께는 아침마다 하는 새벽 체조를 하다가 말고 갑자기 각혈을 하였습니다. 새빨간 피를 한 컵은 더 토하였어요. 그래서 방에 들여다 뉘고 선생님께서 오시거든 입원을 시킨다고 하

다가 의사가 이대로 두어서는 안 된다고 위험하다고 그래서 사감 선생이 보증을 하고 T 대학 병원에 입원을 시켰습니다."

각혈이라니! 우리 정임이 각혈이라니! 하고 나는 가슴이 설레고 앞이 캄캄해짐을 깨달았소.

지금은 각혈이라는 것이 그렇게 무서운 병이 아닌 줄을 알았지마는 그때까지의 내 의학 상식으로는 각혈이라면 죽는 것으로만 알고 있었던 것이오.

정임이 죽다니! 이것은 도무지 있을 수 없는 것이었소. 만일 정임이 죽는다고 하면 세상이 온통 캄캄해질 것 같았소. 그렇게 몸과 마음과 영혼으로 아름다운 정임이 꽃봉오리째로 떨어지다니! 이것은 가슴이 터질 노릇이었소.

나는 택시를 몰아서 T 대학 병원을 향하고 달렸소. 내가 오랫동안 있던 동경, 청춘의 꿈같은 기억이 있는 동경의 거리를 보는지 안 보는지 몰랐소. 내 가슴은 놀라움과 슬픔과 절망으로 찼던 것이오.

T 대학 병원 S 내과 ○호 병실이 정임의 병실이라는 것은 아까 키 큰 여학생 김에게서 들었소.

어쩌면 김이 나를 병원까지 안내해 주지 아니하였을까. 어쩌면 김의 태도가 그렇게 냉랭하였을까 하면서 나는 ○호실을 찾았소.

○호실이라는 것은 결핵 병실인 것을 발견하였소. 침침한 복도로 다니는 의사, 간호부 들이 가제 마스크로 입과 코를 싸매고 다니는 것이 마치 죽음의 나라와 같았소. 어디나 마찬가지인 심술궂게 생긴 '스키소이' 노파들의 오락가락하는 양이 더구나 이 광경을 음산하게 하였소.

　"남정임은?"

하고 나는 간호부실 앞에서 모자를 벗고 공손하게 물었소.

　병원에서는 간호부가 제일 세도 있는 벼슬인 줄을 알기 때문이오.

　"○호실."

하고 뚱뚱한 간호부가 나를 힐끗 보며 냉담하게 대답하더니,

　"남정임 씨는 면회 사절입니다. 중증 환자로 절대 안정이니깐 면회는 못 하십니다."

하고 권위를 가지고 거절하였소.

　"나는 남정임의 보호자로서 병이란 전보를 받고 왔습니다."

하고 나는 간호부의 태도에는 불쾌감을 느끼면서도 청하러 온 사람이라 더욱 공손하게 절을 하였소.

　이렇게 어렵게 허락을 얻어 가지고 나는 ○실이라는 병실에 들어갔소. 그것은 아마 무료 병실이나 아닌가 하리만큼 나쁜 병실이었소. 게다가 한 방에 칠팔 인이나 환자가 누웠소.

나는 우리 정임을 이러한 병실에 입원시킨 데 대하여서 굳세게 모욕감을 느꼈소.

　간호부는 한 걸음 앞서 들어가서 정임의 침대 곁에 서며,

　"난 상, 오쿠니카라 멘카이닌(남정임 씨, 본국서 손님 왔소)."
하였소.

　정임은 감고 있던 눈을 슬쩍 떴소. 그 눈은 내 눈과 마주쳤소. 수척해서 본래 좀 크던 눈이 더욱 커진 듯하였소. 그러나 그 얼굴은 더욱 옥같이 아름답고 맑아서 인간 세계의 사람 같지 아니하였소.

　나는 하도 억해서,

　"정임아, 내가 왔다."
하고 담요 위로 정임의 가슴에 내 손을 대었소.

　정임은 담요 밑에 있던 싸늘한 손을 꺼내어서 내 손을 잡고 말은 없이 눈물이 핑 돌았소.

　"하나시오 시데와 이케마센(말을 하면 안 돼요)!"
하고 간호부는 부하에게 호령하는 태도로 정임을 노려보았소.

　"응, 말은 말아라."
하고 나는 간호부를 향하여,

　"이야기 아니 시킬 테니 안심하시오. 고맙습니다."
하고 간호부에게 고개를 숙였소. 그제야 간호부는 나가 버렸소.

나는 정임의 침대 곁에 놓인 동그란 교의 위에 앉으며 베개 밑에 있는 가제를 접어서 정임의 눈에서 흐르는 눈물을 씻어 주었소.

"정임아, 왜 우느냐. 마음을 든든하게 먹어야지. 아무런 염려 마라."

하고 나는 정임의 해쓱한 얼굴과 가늘어진 목을 들여다보았소.

그리고 베개 위에 흐트러진 검은 머리를 보았소. 그리고 다른 환자들을 돌아보고 목례를 하였소. 다들 동정하는 듯이 나를 보고 환자의 친족인 듯한 어떤 늙은 부인이,

"따님이세요? 저렇게 어여쁜 이가 병이 나서 아이 가엾어라."

하고 말을 붙이는 이도 있소.

내가 할 첫 일은 우선 방을 옮기는 것이었소. 소중한 정임이를 한 시각도 이런 하등 병실에 둘 수는 없다고 생각하였소.

"스키소이는 안 달았니?"

하고 나는 정임에게 물었소.

"하나 있는데 어디 나갔어요."

하고 정임은 들릴락 말락 한 음성으로 대답하오.

"병자를 혼자 두고 나가?"

하고 나는 불쾌하였소.

나는 정임의 손을 들어 담요 속에 넣어 주고,

"내 얼른 댕겨오마."

하고는 모자와 단장과 외투를 교의 위에 놓고 나갔소.

나는 의국을 찾아가서 S 박사를 만나려 하였으나 박사는 진찰 중이라 하기로, 겨우 J라는 조교수 하나를 붙들고 사정을 말하고 혼자 있을 병실 하나를 달라고 하였소.

대단히 까다로운 여러 가지 교섭이 있은 후에 겨우 일등실 하나를 얻어 놓고 정임에게로 돌아와서,

"내가 조교수에게 말해서 병실을 하나 얻었다. 한 시간만 기다리면 옮겨 주마고. 여기서야 어디 병이 더하면 더하지 낫겠니? 또 조교수더러 물어보니까, 네 병은 염려할 것은 없다고, 한 일 주일 안정하면 괜찮을는지 모른다고. 그러나 몸이 대단히 쇠약했으니 주의해야 한다고 그러더라."

하여 정임을 위로하였소.

사실인즉, 조교수는 정임의 병에 대하여서 아직 분명한 진단도 얻지 못한 모양으로 말을 하였지마는 나는 이 경우에 정임에게 이렇게밖에 말할 수가 없었소.

내가 온 것을 처음 보고는 정임도 퍽 흥분된 모양이어서 기침도 자주 하고 빨간 피를 두 번이나 뱉었으나, 차차 낮에 안심한 빛이 돌고 기쁜 빛까지 보였소.

약속한 시간보다 좀 더디게 오정 때나 되어서야 간호부가 환

자를 태우는 구루마를 끌고 들어와서 새 병실로 옮길 것을 말하였소.

간호부들이 정임을 안아서 구루마에 누이고 끌고 나간 뒤에 나는 정임의 담요와 세간을 정리하여 들고 여러 병자들께 인사를 하고 정임의 새 병실로 따라갔소.

이 병실은 이 층으로 대학 정원을 바라보게 된 방인데 북향이지마는 넓고 깨끗하고 침대도 주석으로 되고 간호하는 사람이 잘 만한, 펴 놓으면 침대가 될 만한 걸상과 가족이 있을 만한 부실까지도 붙었소. 양복장, 테이블, 우단으로 싼 교의까지 있고 유리창에 커튼까지 있는 아주 훌륭한 방이오. 흠이라면 바닥에 깐 리놀륨이 좀 더러운 것일까. 침대에 깐 시트도 새롭고 희어서 얼룩이 없었소.

이러한 병실에 정임을 누이니 내 마음이 좀 편안하였소.

그리고 나는 간호부 하나를 구하여서 정임을 간호하게 하고 아침도 점심도 굶은 채로 오후 네 시나 지나서야 잠시 병원에서 나와서 병원 근처에 여관을 하나 정하였소.

집에다가 전보를 치고 목욕을 하고 저녁을 먹고 나서는 그만 고꾸라져서 잠이 들어 버렸소.

하루 지나 이틀 지나 어느덧 사오 일이 지났소. 나는 아침을 먹고는 병원에를 가서 정임을 보고 간호부에게 잠을 어떻게 잤나, 무엇을 얼마나 먹었나, 체온이 얼마, 또 피가 나왔나, 이런 것을 물어보고 손수 정임의 이마도 만져 보고, 그리고는 J 조교수를 찾아서 정임의 병세도 물어보았소.

J 조교수는 처음에는 까다로운 사람 같더니 차차 사귀어서 나중에는 저녁을 같이 먹으러 다니리만큼 친하였소. 이 친구가 위스키를 좋아하고 댄스를 좋아하는 모양이나 나는 두 가지 다 못하는 처지므로 J 조교수가 댄스를 할 때에 나는 옆에 앉아서 구경을 하고, 그가 위스키를 먹을 때에는 나는 탄산을 먹었소.

"한 잔 자시오!"

하고 J 조교수는 농담 절반으로 내게 술을 권하고,

"자, 한 번 추어 보아!"

하고 나를 억지로 끌어내다가 여자를 껴안겨 주기도 하였소. 그도 내게 무관하게 된 모양이었소.

병원에서 하얀 진찰 옷을 입고 있을 때에는 장히 까다롭고 빼는 편인 그도 진찰 옷을 벗고 이렇게 친구로 대하면 무척 천진하고 재미있는 사람이었소.

이렇게 친하게 된 뒤로는 J 조교수는 무시로 정임의 병실에 나를 찾아왔소. 이것은 간호부들의 눈에 정임과 나와의 지위를 높여서 대우가 퍽 좋아졌소.

이런 조건들이 모두 합하여 정임의 용태가 퍽 좋아져 가는 모양인데 한 가지 걱정되는 것은 집에서 도무지 기별이 없는 것이오. 전보로 답장하라고 날마다 전보를 쳐도 한 번도 회전이 없단 말이오. 회전이 없을 때에는 무사한 것은 분명하지마는 대단히 마음이 궁금하고 불쾌하였소. 그래서 나는 순임의 학교로 순임에게,

'집 무사하냐. 어머니 병환 어떠시냐. 희도 잘 있느냐, 곧 전보해라. 네 피아노는 고르는 중이다. 정임은 그만하다. 아비.'
하는 의미의 전보를 놓았소. 피아노 말을 해야 순임이 곧 답장할 줄을 알았기 때문에 특별히 피아노란 말을 썼소.

그리하였더니 아니나 다를까 그날로,

'집은 무사함. 어머니는 성이 나서 욺. 어서 오세요. 희도 감기 들었음. 피아노 고마워요. 순임.'
하는 답전이 왔소.

집에서 도무지 답전이 없기에 나도 대개는 짐작하였소. 내 아내가 화를 내어서 일부러 회답을 아니하는 것이 분명하였소.

나는 딸에게 약속을 이행하기 위하여 전보를 받는 길로 곧 은좌 방면으로 나가서 피아노를 돌아보았소. 그리고 일천칠백 원짜리 하나를 값을 해서 수송하기를 청하고 약속금 오백 원을 치렀소.

이 피아노가 만일 내 딸 순임을 매수하기에 성공한다면 내 생

활은 전보다 훨씬 편안하게 될 것이오. 그렇게 생각하면 이 돈 일천칠백 원은 아까운 돈이 아닌 것 같았소.

정임의 병도 그만하고 J 조교수의 말도 대단치는 아니하리라 하기로, 정임에게는 퇴원하게 되는 대로 J 조교수의 말을 따라서 어느 요양원으로 가든지 조선으로 오든지 하라고 일러 놓고 나는 집으로 돌아오려고 내일이면 떠난다고 마음을 먹고 자리에 들었소.

잠이 들어서 몇 시간이나 되었던지 나는 전화 소리에 잠이 깨었소.

"하이, 하이(네, 네)."

하고 전화 수화기를 떼어 든 나는 어안이 벙벙하였소.

그것은 분명히 정임을 보아 주는 간호부의 음성으로,

"남정임 씨가 병이 중하십니다. 곧 들어오십시오."

하는 전화였소.

아까까지 괜찮던 정임이 웬일인가 하고 나는 시계를 보았소. 어느새 새벽 다섯 시. 나는 옷을 주워 입고 병원으로 달려갔소. 간호부실에 들러서,

"남정임이 병이 더쳤어요?"

하고 물었소.

"네, 밤에 각혈을 많이 하셔서 퍽 중하십니다. 아이참, 걱정되

시겠습니다. 지금 바로 숙직하시는 선생께서 다녀가셨습니다."
하고 인제는 낯이 익은 간호부는 친절히 대답해 줍니다.

　나는 정임의 병실로 가서 가만히 문을 열었습니다. 방에는 아직도 간호부 하나가 남아서 한 손에 시계를 들고 한 손으로 정임의 맥을 짚고 있고, 테이블 위에는 주사를 하였는 듯한 제구가 어수선히 놓였소.

　나는 눈을 감고 누웠는, 희미한 전등 빛에 비추인 정임의 얼굴을 잠깐 보고, 그리고 K라는 전속 간호부에게로 가서 자세한 말을 물어볼 양으로 정임의 침대머리를 지나다가 유리 타구가 철철 넘는 빨간 것을 보았소. 그것은 이백 그램 컵으로 셋은 될 것이오!

　K 간호부는 내 귀에 입을 대고,

　"어젯밤 당신 – 나를 가리키는 말 – 께서 가신 뒤에 난 상 – 정임 – 이 자꾸만 우셔요. 우시면 병에 좋지 않다고 암만 말씀해도 자꾸만 우시는구면요. 그러시더니 제가 잠깐 잠이 들었는데 난상이 저를 부르시길래 보니깐 글쎄 저렇게 피를 쏟으셨구면요."
하는 꼴이 우는 정임을 혼자 두고 K 간호부는 잠이 들어서 쿨쿨 오류 시간이나 자다가 정임이 피를 많이 토할 때에야 비로소 깬 모양이었소. 괘씸한 년 같으니! 하고 나는 K 간호부를 한 번 노려보았소.

맥 보던 간호부가 나간 뒤에 나는 정임의 맥을 가만히 짚어 보았소. 맥이 끊어지지나 아니하였나 하다시피 약하오. 정임의 입술에도 붉은빛이 줄었소. 정임은 아마 혼수상태인 것 같았소.

나는 가만히 정임의 손을 놓고 정임의 잠을 깨우지 아니할 양으로 가만가만히 방 한편 구석으로 물러 나와서 죽은 듯한 정임을 바라보고 있었소.

어려서 부모를 여의고 따뜻한 사랑도 없는 남의 집에 얹혀서 눈칫밥으로 자라난 정임, 천상천하에 의지할 곳 없고 알아주는 이 없는 정임, 저것이 인제 죽어 버린다면! 하고 생각하면 뼈가 저리게 불쌍하였소.

내가 온 뒤에도 웬 놈팡이들한테서 편지도 몇 장 오고, 선물도 몇 가지 들어왔으나 그 편지 사연을 보더라도 다들 제 편에서 외짝사랑이었고 정임이 편에서는 도무지 응하지 아니하였던 것이 분명하오.

"너 좋아하는 남자 친구가 있니?"

하고 어느 날 내가 물을 때에 정임은,

"없습니다."

하고 적막하게 웃었소. 정임은 거짓을 말할 애가 아님을 나는 믿소.

이 세상에 왔다가 얼음같이 찬 속에서만 살고 부모의 정, 형제의 정, 애인의 정, 부부의 정도 하나도 맛보지 못하고 죽어 가는 정임의 정경을 생각해 보시오. 내가 통곡할 생각이 났겠소, 아니 났겠소.

이에 나는 결심하였소. 아무리 해서라도 정임은 살려 내야 된다고.

그리고 나는 간호부실에 달려가서 J 조교수 집으로 전화를 걸었소. 아직 오전 여섯 시, 이때는 밤에 늦도록 댄스요 위스키요 하고 돌아다니는 버릇이 있는 J 조교수는 아직 곤하게 잘 때일 것이라고 생각하였소. 그러나 정임의 생명에 관한 일이 아니오.

"아침 일찍 전화를 걸어서 미안합니다. 그 애의 병이 대단하니 내가 지금 댁으로 선생을 모시러 가겠습니다. 어떠하신 일이 있으시더라도 지금 꼭 와 주셔야겠습니다."

하고 열렬하게 들이댔소. 그랬더니 원체 나하고는 사귄 터이라,

"데리러 오실 것 있소? 내 곧 가리다."

하고 선선하게 대답합니다.

과연 삼십 분 내에 J 조교수가 달려왔소. 그는 진찰복도 입지 아니하고 모자도 쓴 채로 바로 병실로 들어왔소. 그렇더라도 간호부실에서 정임의 용태는 물어 가지고 왔을 것은 분명하오.

J 조교수는 외투를 입은 채로 정임의 맥을 짚어 보고 그리고는 청진기를 내어서 정임의 가슴을 보았소. 그리고 눈을 보고

손톱도 보고 의사가 보는 것을 다 보고 나서는 정임의 정신없는 얼굴을 이윽히 보고 섰더니 자기가 먼저 방에서 나가면서 나더러 따라오라는 시늉을 하오.

나는 불안을 가지고 따라갔소.

J 박사는 긴 복도로 꼬불꼬불 한참이나 걸어가서 자기 방문을 열고 들어가 모자와 외투를 벗어 던지고 앉으며 나에게도 자리를 권하오.

"쩟, 걱정어오."

하는 것이 J 박사의 첫 말이었소.

"죽을까요?"

하고 나는 눈을 크게 떴소.

"죽기야……. 생명에는 신비력이 있으니까, 꼭 죽을 것 같은 사람이 사는 수도 있고, 그와 반대로 꼭 살아나리라고 믿었던 사람이 죽는 수도 있고 생명에 신비력이 있습니다."

하고 그는 잠깐 말을 끊었다가,

"원체 쇠약한 데다가 피를 많이 잃고, 가슴에는 라셀이 가득 찼단 말이오. 그것도 또 걷히려 들면 며칠 안 해서 걷히는 수가 있습니다. 생명의 신비라는 것이지요."

하고 담배를 내뿜으면서 휘 한숨을 쉬었소.

나는 다만 조교수의 처분만 바라는 사람 모양으로 잠자코 그의 하는 양만 보고 있을 수밖에 없었소. 내 신경과 근육은 모두 굳어져서 움직이려도 움직일 수 없는 것만 같았소.

"글쎄요."

하고 J 조교수는 내가 속으로 생각한 것을 알아듣는 듯이,

"글쎄. 수혈이나 한 번 해 볼까."

하고 나를 바라보았소.

"수혈이라니요?"

"다른 사람의 피를 병자의 정맥에 넣는 것이지요?"

"수혈을 하면 살아날까요?"

"피가 부족하니까. 또 수혈을 하면 출혈이 그치는 수가 있으니까."

"그러면 내가 피를 주지요!"

하고 나는 내 피를 정임을 살려 내기에 바치는 것이 기뻤소.

"아무의 피나 함부로 넣는 것이 아니니까 피를 검사해 보아야지요."

하고 J 박사는 내가 허둥지둥하는 태도가 우스운 듯이 빙그레 웃으며,

"피는 사려면 얼마든지 파는 사람이 있으니까 그럼 수혈을 해 봅시다."

하고 J 조교수는 전화 앞으로 가오.

J 조교수는 먼저 정임의 귀의 피를 뽑아 혈형을 검사한 결과,

　"누르로군."

하고 나더니,

　"누르 형을 가진 사람은 누구에게든지 피를 줄 수는 있지마는 같은 형을 가진 사람의 피가 아니고는 받을 수는 없단 말이오. 그러니까 늘 주는 편이야."

하고 다음에는 내 피를 검사한 결과 J 박사는,

　"오케이. 노형의 피가 다행히 누르요. 혈형은 맞는데."

하고 말하기 어려운 듯이,

　"노형은 화류병은 없으시오?"

　"없지요!"

　"그렇게 자신 있으시오? 만일 의심이 있거든 검사를 하게."

　"절대로 없지요. 있을 이유가 없으니까."

하고 나는 단언하였소.

　"그러면 좋소이다. 그러면 노형의 피를 얻기로 합시다."

하고 J 조교수는 간호부에게 수혈 준비를 명하였소.

　J 조교수는 내 왼쪽 팔의 굽히는 곳의 정맥에서 피를 뽑아 정임의 왼편 팔의 정맥에 넣는 일을 하였소. 나는 유리통에 뽑혀 나오는 검붉은 내 피를 보았소. 그것이 정임의 혈관으로 다 들어가 버리는 것을 보았소. 그리고 나는 잠깐 아뜩함을 깨달았

소. 사백 그램이라면 두 컵의 피를 뽑아낸 셈이오.

한 십 분 동안이나 가만히 누워 있으니까 정신이 평정함을 깨달았소. 나는 내 피가 정임에게 들어가 어떠한 작용을 하는가 알고 싶었소.

참으로 신기한 일이오. 수혈이 끝난 지 삼십 분이 못하여서 정임의 두 뺨에는 붉은 기운이 돌고 죽은 듯하던 입술에도 제 빛이 돌아오지 않겠소.

나는 너무도 기뻐서,

"정임아!"

하고 불러 보았소.

정임은 내가 부르는 소리에 눈을 떴소. 정임은 살아났소.

"신효하지요?"

하고 J 조교수는 빙그레 웃었소. 그때에서 그는 간호부가 준비한 물에 손을 씻었소. 그는 하얀 타월로 손을 씻으면서,

"수혈도 효력이 날 때도 있고 아니 날 때도 있지마는 효력이 나게 되면 그야말로 쇳소리가 나는 것이오. 노형도 오늘은 피를 많이 잃었으니 좀 안정을 하시는 것이 좋겠소이다."

하고 나가 버렸소.

나는 J 조교수의 말대로 비워 둔 부실의 침대 위에 쉬기로 하였소. 약간 어찔어찔하고 메슥메슥함을 깨달았소.

내 피가 힘을 발하였는지 모르거니와 정임의 병세는 이삼 일 내로 훨씬 좋아져서 J 박사도,

　"라셀도 훨씬 줄었고, 맥도 좋고, 신열도 없고 괜찮아질 모양이오."

하고 안심할 확신 있는 말을 하여 주었소.

　나는 더 오래 있을 수가 없어서, 정임을 J 조교수에게 맡기고 집으로 돌아왔소.

　형이여!

　그랬더니 말이오. 집으로 돌아왔더니 말이오!

　내 아내는 나를 보고 미친 듯이,

　"왜 왔소? 무엇하러 왔소. 그년하고 살지. 왜 왔소?"

하고 몸부림을 하고 야단이오.

　나는 어안이 벙벙하였소.

　"그게 무슨 소리요? 그럼 정임이 병이 중하다는데 내가 안 가본단 말요?"

하고 나는 부드럽게 말하였소.

　"흥, 말은 좋지. 정임이 무슨 병이야? 병이 무슨 병이더냐 말야?"

하고 아내는 더욱 미쳐 뛰오.

　"무슨 병? 각혈을 했단 말요. 목구멍에서 피가 나왔어. 각혈을

두 번이나 크게 해서 죽을 뻔했는데 면사나 되었으니 다행이 아니오?"

하고 나는 더욱 부드럽게 말하였소.

"흥, 각혈? 흥, 각혈? 뻔뻔스럽게 나를 속여 보려고. 낙태를 시키다가 피를 쏟았다더구면, 왜 내가 모르는 줄 알고. 흥, 지난여름에 나왔을 적에. 아이구 분해. 아이고 분해. 내가 어리석은 년이 되어서 감쪽같이 속았네에. 그런들 설마 제 딸 동갑인 계집애를 건드리랴 했지. 엑 이 짐승 같은 것. 그리고도 교육가. 흥, 교장. 아이구 분해라."

이 모양으로 온 동네가 다 들어라 하고 외치는구려.

"여보, 미쳤소? 글쎄 그게 웬 소리요? 뉘게 무슨 말을 듣고 그런 종작없는 소리를 한단 말이요? 원 이거 하인들이 부끄럽고 동네가 부끄럽지 않소? 원 말이 되는 말을 가지고 그래야지."

하고 나는 하도 기가 막혀서 방바닥에 펄썩 주저앉아 버렸소.

"좀 뵈어 주까요? 그럼 증거를 좀 뵈어 주까요? 자 이거를 좀 보시오!"

하고 아내는 어떤 일기책 하나를 장 서랍에서 꺼내어서 내 앞에 픽 던지오.

나는 배밀이로 엎어진 일기책을 집어 들고 책장을 넘겨보았소. 그것은 정임의 일기책이었소.

나는 이 일기책을 온통으로 형에게 보내어 드리고 싶소마는 그리할 수가 없소. 왜 그러냐고? 나는 정임의 물건으로 이것밖에 가진 것이 없소.

나는 이것을 유일한 정임의 기념으로 내가 이 세상에 있는 날까지는 몸에 지니고 있지 아니하면 아니 되겠소. 그러다가 내가 이 세상을 떠날 때에는 나는 이 일기를 불에 살라 버리거나 땅에 묻어 버리고 떠나려오.

그러므로 나는 이 일기를 지금 형에게 보내어 드릴 수는 없고 그중에서 이 편지에 도움이 될 만한 몇 구절을 베껴 보내오.

'오늘이 새해. 오늘부터 내 나이가 23세. C 선생은 몇 살이 되시나. 지난여름에 뵈올 때에는 벌써 얼굴에 몇 줄기 주름이 있던데. 아! 어머니 돌아가신 지가 벌써 십오 년. 이 외로운 아이는 오직, 오직 C 선생님의 사랑의 품에서 살았다. 나는, 나는 이 은혜를 무엇으로 갚나. 이 몸과 마음을 C 선생님께 다 바치기로니 그것이 무엇인가…….'

이것은 일기 첫 장인 정월 초하룻날 것이었소.

'아 웬일인가. 나는 왜 이렇게 외로울까. 나는 무한한 허공에 뜬 외로운 별 하나. 아아 그 허공의 참이여! 어둠이여! 차고 어두운 허공으로 지향 없이 흘러가는 외로운 작은 별이여.'

이러한 극히 적막한 서정시 같은 것도 있고 또 어떤 날에는,

'아아 나는 죽어 버릴까. 사랑하는 그이도 내 손이 아니 닿는 하늘 위의 별.'

이러한 절망적인 말을 쓴 것도 있소.

정임의 일기에는 어디나 그 적막하고, 거의 절망적이라고 할 만한 슬픔이 흐르오. 그가 '그이'라고 하는 것이 누구를 가리킴 인가. C 선생이라고 한 것은 물론 내 성 최의 머리글자겠지마는 그의 일기에는 C 선생이라는 말과 '그이'라는 말이 날마다 씌어 있소.

'아마 나는 죽을까 보아. 이대도록 괴롭고도 살 수가 있나. 오늘은 교실에 들어가 앉았어도 무엇을 배웠는지 정신이 없이 있다가 동무들에게 놀림을 받았다. 동무들은 어찌 그리 행복된가. 그들에게는 부모가 있어서 그러한가. 사랑하는 사람이 있어서 그러한가. 나는 그들과 같이 유쾌하게 살지를 못하는가.'

'나는 암만해도 죽을 것만 같다. 이렇게 괴롭고도 살 수가 있나. 괴로울수록 그이가 그리워. 그이 곁에 있으면 내 눈에도 웃음이 있을 것 같다. 낸들 웃을 줄을 모르나, 기뻐할 줄을 잊었나. 그이 곁에만 있으면 나는 춤이라도 출 것 같다.'

'아아, 그이를 떠나 있는 슬픔이여! 외로움이여! 내 타는 마음을 그이에게 통하지도 못하는 슬픔이여, 외로움이여! 아무리 하여도 그이는 손이 안 닿는 하늘의 별인가. 나는 닿지 못할 손

을 허공에 허우적거리다가 죽어 버릴 것인가.'

이러한 구절도 있고, 또 여름 방학이 가까운 유월에 들어가서는 더욱 열렬하게 되어,

'나는 이번 방학에 가면 그이에게 내 생각을 다 말해 버릴 테야. 이년! 하고 책망을 받으면 어떤가. 종아리를 맞으면 어떤가. 아무리 무서운 일이 생기더라도 나는 이번 방학에 가면 그이에게 내 가슴속에 뭉친 불덩어리를 내던질 테야. 그리고 미친 듯이 대들어서 그이의 목에 매달릴 테야. 그렇게나 아니하고야 어떻게 내가 그이에게 내 속을 보여 보나.'

'아아, 사랑하지 못할 이를 사랑하는 내 아픔이여! 차라리 나를 죽일까.'

이러한 곳도 있고,

'나는 오늘 C 선생께 내 속을 말하는 편지를 썼다가 불에 살라 버렸다. 이렇기를 모두 몇 십 번이나 하였던고?'

'C 선생은 내 아버지가 아니냐. 아아, 나는 왜 그이를 아버지라고 못 부르는가. 왜 C 선생을 내가 그이라고 부르는가. 내가 죄다! 죄다! 다시는 C 선생을 그이라고 아니 부르고 아빠라고 부를란다. 하느님이시여, 딸아이가 아빠를 그리워하는 것도 죄가 되오리까. 죄가 된다고 하여도 무가내하입니다.'

이런 말이 있소. 이런 말을 보면 'C 선생'이란 것이나 '그이'

란 것이나 '아빠'란 것이나가 다 나를 가리킨 듯도 하였소. 내가 이것을 발견할 때에 어떻게나 놀랐겠소. 이것이 사실이라면 정임은 분명히 내게 대하여 일종의 그리움을 느끼는 것이오.

내 아내가 정임이 열여섯 살 적에 '흥 어린애!' 하던 것이 생각나오. 역시 아내가 나보다 정임의 속을 잘 알았던 것이오.

그러면 정임이 나에게 대하여 한 이성으로의 사랑을 느끼는가 하고 나는 한참이나 숨을 못 쉬도록 놀랐소. 그러나 그다음 일기를 볼 때에 놀란 것에 비기면 이것은 다 우스운 일이오.

'내일은 서울로 간다. 그 어른의 곁으로 간다. 한 달 동안 그 어른의 곁에 나는 있게 된다. 한 달 동안에 설마 그 어른의 손끝 한 번이야 못 스쳐 보랴. 비록 그의 품에 안겨 보지는 못한다 하더라도 - 인제는 나는 어린애가 아니니깐 - 그의 옷자락에야 한두 번 못 스쳐 보랴. 나는 그때에 있을 기쁨을 생각하면 몸이 떨린다.

내 아빠. 이 외로운 딸은 아빠의 곁을 향하고 갑니다. 저의 손을 잡아 주세요. 예전 북경서 저를 데리고 오실 때 모양으로 차에 저를 안아 올려 주세요. 머리를 쓸어 주시고 뺨을 만져 주세요. 지금은 왜 못하셔요? 왜 못하실 이유가 있습니까?'

인제는 분명히 정임이 '그이'라고 한 것이 내인 줄 알았소.

정임이는 방학에 내 집에 온 첫날 일을 기록하되,

'아아 내가 무엇하러 서울을 왔던고? 누구를 보러 왔던고? 순임 어머니와 순임은 어찌 그렇게도 냉랭한고. C 선생께서도 어찌 그리도 본체만체하시는고.

아아, 이 얼음가루가 날리는 곳을 나는 무엇하러 왔던고.

나는 미아리 어머니 무덤에 가서 두 시간이나 울고 왔다. 울면 쓸데 있나. 어머니는 벌써 다 썩어 없어지신 것을. 아아, 나는 어디 가서 울꼬? 울려고 해도 울 곳도 없구나.'

이러한 곳이 있고, 또 어떤 날에는,

'학교에를 가니 방학이 되어서 동무도 선생도 다 없다. 미친 사람 모양으로 교실로 잔디밭으로 나무 그늘로 기웃거리다가 혹시나 그이를 만날까 하고 그이가 다님직한 길로 해가 지도록 쏘다녔다.

집에 돌아오니 그이가 계시지마는 한 집에 계실수록 동경서 생각할 때보다 천 리 만 리나 더 떨어진 것 같다. 나는 동경으로 도로 갈까 봐.'

이러한 곳도 있고,

'C 선생님이 가족을 데리시고 원산으로 가신다고 나도 같이 가자고. 원산이나 가면 C 선생님께 조용히 말씀할 기회나 얻을까. 몸이 불편하다. 병이 나려나.'

이 밖에도 정임은 그 일기에 감상적이요, 열성적인 슬픔을 많이 적는 동안에 이러한 기록이 있소.

'내일은 원산을 떠난다. 아아, 그리도 외롭던 원산이여! 슬프던 원산이여! 그러나 나는 원산을 축복한다. 원산은 나에게 그이와 함께하는 하룻밤을 주었다.

캄캄하게 어두운 밤, 바람에 구름은 뭉게뭉게 하늘과 바다가 모두 열정으로 끓는 밤에 나는 그이와 단둘이 있는 하룻밤을 가졌다.

비록 그것이 한 시간도 못 되는 아마 반 시간도 못 되는 짧은 동안이었으나, 그동안만은 그이는 완전히 내 것이었다.

아아, 일생에 잊히지 못할 그 시간. 내가 세상에 난 것이 그 한 시간을 위한 것이 아니었던가.

나는 알았다. 겉으로는 냉정한 듯한 그이의 마음에는 나를 불쌍히 여기고 사랑하시는 열정이 있음을.

나는 인제 죽어도 좋지 아니한가.'

이러한 소리가 적혀 있소.

"영, 도무지 글을 함부로 쓰는 계집애!"

하고 나는 좀 불쾌하여서 일기책을 주먹으로 탁 쳤소.

그러나 다음 순간에 내 눈에서는 눈물이 흘러내림을 금할 수 없었소. 왜?

나는 기억하오. 정임의 말과 같이 우리가 원산을 떠나려던 전날, 저녁을 먹고 나서 나는 정임, 순임, 두 애를 데리고 우리가 있는 숙소에서 꽤 먼 데 있는 두 아이 선생 집에 작별을 갔었소.

선생 집에 가서 이야기도 하고 수박도 먹고 놀다가, 순임이년은 선생 집에 놀러 왔던 제 동무하고 시내로 놀러 나간다고 가 버리고, ─ 뒤에 아니까 순임이년은 그 동무의 오라비와 함께 활동사진 구경을 갔더라오. ─ 암만 기다려도 돌아오지를 아니하기로 할 수 없이 정임이만 데리고 우리 숙소로 돌아왔소.

이날은 정임의 일기에 있는 모양으로 동남풍이 많이 불고 하늘은 검은 구름으로 덮이고 물결은 아우성을 치는 밤이었소. 이러한 밤길을 바닷가 쪽으로 걸어서, 또 송림 사이로 걸어서 아마 반 시간이나 넘어 걸어서 숙소로 온 것이오. 이것을 정임이 그 일기에 그렇게 유난하게 써 놓은 것이오.

그야 캄캄한 모래판, 나무판 길도 없는 데로 오는 동안에 ─ 거기는 모래가 쌓여서 높아진 데, 패어서 움쑥 깊어진 데, 잔솔포기, 풀포기 같은 것도 있는 곳 아니오? 갈마 앞에 말이오. ─ 몸도 서로 스칠 때도 있고 정임이 쓰러지려는 것을 내가 어깨를 붙들거나 허리를 뒤로 안아 일으킨 때도 있었소. 제가 손을 내밀어 내 팔에 매달린 때도 있었소. 그러나 그저 그뿐이오.

둘이서 한 말이라고는,

"동무나 있느냐?"

"별로 없어요. 퍽 외로워요."

"몸조심해라."

"제가 편지 드리거든 답장 주세요."

이런 문답과,

"졸업하고라도 더 공부가 하고 싶거든 내게 말해라, 학비는 염려 말고."

"일본 있기가 싫어요."

이런 말이 있었을 뿐이오.

그런 것을 정임은 이날 밤의 일을 무슨 큰 사건이나 되는 듯이 일기에 적어 놓은 것이오. 철없는 계집애라고 생각하였소.

그러나 제가 얼마나 외롭길래, 또 세계 유일한 친구인 내 곁에 있는 것이 얼마나 간절한 소원이길래, 이 반 시간 남짓한 단둘이의 산보를 그처럼 감격하게 생각하나 하면 눈물을 아니 흘리고 어찌하겠소.

사실상 정임이 여름 내내 집에 와 있어야 나하고 단둘이 있어 본 순간은 실로 이날 밤 한 번밖에 없었던 것이오.

나는 일기를 읽어 여기까지 와서는 내 아내가 성낸 이유를 알았소. 또 당연하다고도 생각하였소.

나는 이 구절에 대하여 아내에게 변명을 하려 하였더니 아내는 밖에 나가 버리고 없기로 일기의 그다음을 더 읽어 보았소.

'잠이 아니 온다. 새로 세 시를 치는 소리가 들리는데 잠이 아니 온다. 아니 그리운 이의 생각. 원산 해안의 그날 밤의 추억! 내 생명에서 그 순간을 떼어 버리면 남는 것이 무엇인가. 없다! 아아, 가엾은 내 생명이여!'

아마 이것이 정임이 불면증이 생기는 시초가 아닌가 하오.

이로부터 정임은 자기의 나에 대한 감정을 여러 가지로 해석해 보려는 말이 많이 나오오. 일례를 들면,

'이것이 무엇인가. 이것이 사랑인가. 사랑이란 것이 이런 것인가. 내가, 이렇게 어린 딸 같은 계집애가, 설마 아버지 같은 그 어른을 사랑함이야 될까. 이것이 사모한다는 것인가. 딸이 아버지를 사모하듯이 사모한다는 것인가. 사모하는 것과 사랑하는 것과 무엇이 다른가.'

이러한 논단도 있고,

'나는 사랑이라는 것을 경험한 일이 없다. 사랑이라는 것을 하고 싶은 마음도 없다. 다만 그 어른을 언제까지나 언제까지나 사모하고 있으면 그만이다. 그 어른이 내 마음을 알아주시든지 말든지, 나만 혼자 내 가슴속에 그 어른을 두고 밤낮에 생각하면 그만이 아닌가.

그러나 보고 싶은 것은 어찌하나. 그이의 옷자락이라도 손끝이라도 스치고 싶은 것은 어찌하나.

나는 이러다가 말라 죽는 것이 아닐까. 오늘은 체중이 줄었다고 학교에서 걱정을 하였다. 내 기름은 그이를 사모하는 불로 타 버리고 만다. 기름 다한 등잔불 모양으로 내 생명은 진해 버리고 마는 것이 아닐까.

이 간절한 생각을 누구에게 말해 보지도 못하고 영원의 어둠 속으로 스러져 버리는 것이나 아닐까.

그래도 좋다! 그것이 좋다! 타고 타다가 진해 버려라!'

이러한 말도 있소.

각혈하기 바로 며칠 전에 정임은 이러한 말을 적어 놓았소.

'내 사랑하는 이시여! 나는 당신 곁으로 다가가고 싶습니다. 다가가서 당신의 품에 안기는 서슬에 죽어 버리고 싶습니다.

그러면 저도 당신 품에서 죽는 것이 아니야요. 남들이 세상이 무엇이라고 하기로 그때에는 벌써 늦지 아니하였어요. 내 시체를 때리고 거기 침을 뱉고 갖은 욕설과 갖은 악형을 다하라고 하시오.

그것이 무엇이야요? 나는 당신의 몸에 안겨서 죽지 않았어요? 나의 사랑하는 이! 나는 더 참을 수 없습니다. 나는 당신 계신 곳으로 갈 테야요.

내가 가면 이년! 하고 발길로 차시겠습니까? 그래도 좋습니다. 나는 당신의 발길을 안고 죽어 버리렵니다. 나는 가요! 나는 가요!

내 몸은 더할 수 없이 약해졌습니다. 내 기운은 줄어듭니다.

이러다가는 나는 당신 계신 곳에 갈 기운도 없이 죽어 버릴
것 같습니다. 아아, 얼마나 애처로운 일이야요. 얼마나 기 막히
는 일이야요.

내가 인제 큰 병이 들어서 죽게 된다면 당신은 와 주시겠습니
까. 오셔서 오, 가엾어라, 내 딸 정임아 하고 나를 안아 주시겠습
니까. 그렇다 할진댄 오, 하느님이시여, 내게다 죽을병을 주소
서. 내가 사랑하는 그 어른을 뵈옵고 죽을 큰 병을 주소서!'

이런 소리를 썼소. 마치 제가 무서운 병이 생길 것을 미리 짐
작이나 한 것 같아서 나는 몸에 소름이 끼쳤소.

이렇게 나는 정임의 일기를 보다가 문밖에서 내 아내의 음성
이 들리는 것을 보고 이 일기를 얼른 감추어 버렸소.

이 일기를 내놓으라고 내 아내는 여러 번 야단을 하였지마는
나는 결코 이것을 내놓지 아니하였소. 첫째로 아내가 이 일기를
이 사람 저 사람에게 선전의 재료로 삼을 염려가 있고, 둘째로
는 정임의 일생의 – 만일 이번에 정임이 죽는다고 하면 – 유일
한 유적을 내 아내가 무슨 방법으로든지 욕을 보일까 봐 두려워
한 것이오. 그렇지 않아도,

"그년의 그 더러운 일기책 어디 갔니? 뒷간에 버리기도 되려

미안한 그 일기책 어디 갔어?"

하고 울고 야단을 하였소.

나는 이 일기책을 다른 데 갖다 맡길 수도 없고, 어디 한 곳에 두었다가는 반드시 발각이 나겠고, 그래서 오늘 여기, 내일은 저기 이 모양으로 옮겨 감추었소.

하루는 내가 그 일기책을 책장 꼭대기, 이를테면 지붕에 감출 때에 순임이한테 들켰소. 순임도 물론 내가 하는 일이 무슨 일인지를 알고 있소. 순임이뿐이오? 온 집안사람이 다, 내 아내는 정임의 일기를 찾으려고 죽을지 살지를 모르고, 나는 그것을 감추느라고 애쓰는 것을 알고 있소.

내가 아침에 집만 뜨면 내 아내는 어멈, 아이 보는 계집애 할 것 없이 총동원을 해서 이 일기를 찾느라고 집을 발끈 뒤집는다는 말을 들었소. 그러니까 순임이 모를 리가 있소.

순임은 내가 정임의 일기책을 감추다가 들켜서 머쓱해하는 것을 보고는 못 본 체하고 획 나가더니 일 분도 못하여 다시 들어와서,

"아버지. 그것을 왜 태워 버리지 않으세요? 어저께도 어머니 눈에 들 뻔한 것을 내가 얼른 집어 감추었답니다. 왜, 거기 두면 못 찾나요? 아버지두. 번번이 내가 없다고 어머니를 속이고 감추고 하니깐 그렇지."

하고 마치 불쌍한 범죄자를 타이르는 듯한 태도로 말을 하는구려. 내 속이 어떠하였겠소?

나는 교의에 펄썩 주저앉아 테이블에 두 팔을 세우고 두 손에 내 얼굴을 파묻었소. 이윽히 눈을 감고 있다가 고개를 들어 보니 순임은 내 책장에서 양장한 허름한 책 하나를 꺼내어서 그 알맹이를 뜯고, 빈껍데기 속에 내가 애써 감추던 정임의 일기를 넣어서 요리조리 검사해 보고 보통 책들 틈에 끼우고 있소. 그것을 꽂아 놓고는 두어 걸음 뒤로 물러서서 그것이 눈에 뜨이나 아니 뜨이나를 검사하오.

나는 눈물이 흐르고 느껴 울어짐을 금할 수가 없었소.

"아버지, 인제 염려 마세요."

하고 순임은 찡그린 내 낯을 바라보오.

"순임아."

하고, 나는 평생 처음 정답게 불렀소.

"네에?"

하고, 순임이도 아비의 이 비참한 꼴을 보고는 고개를 숙여 버리오.

"너 그 일기 보았니? 정임이 일기 말이다. 읽어 보았니?"

하고, 나는 그 대답을 무서워하면서 물었소.

"그럼요. 어머니가 오는 사람마다 불러 놓고는 낭독을 한걸요. 김 목사도 보고 여러 사람이 보았답니다. 암만 보이지 말라니 들으시나요? 사람만 오면 어머니는 신이 나셔서 그것을 내어 놓고 읽으신답니다. 요새는 그것이 없어서 못 하시지요. 그걸 못 하시니깐 더 화만 내시지 않아요? 그러니까 아버지 태워버리셔요. 그건 무엇하러 두셔요?"

하는 순임의 어조는 내게 대해서 적더라도 적의가 없는 것만은 밝히 보이오.

"그래, 너도 읽었어?"

하고, 나는 다른 문제보다도 순임이 이 일기를 읽었는지가 걱정되었소.

"그건 물으시면 무얼합니까."

하고, 순임은 내 모자를 솔로 떨어 주오. 그 뜻은 물론 다 읽었단 말이오.

"너도 네 어머니와 같이 생각하고 있니? 너도 일기 문구를 그렇게 오해하고 있니?"

하고, 나는 마침내 순임이도 그 일기를 본 것으로 가정하고 문제의 요점을 들었소.

"몰라요. 어서 학교에 가셔요, 아버지. 어머니 또 오시면 어떡해요?"

하고, 순임은 제 손으로 먼지를 떤 모자를 내 앞에 놓고는 밖으로 나가 버리오. 그 태도가 마치 아비를 불쌍히는 여기지마는 사람으로도 안 보는 태도였소.

그러면 벌써 이 일기 속에 씌어 있는 말이 내 아내의 해석을 통하여 서울 안에 누구누구 하는 사람들 중에 퍼진 모양이오. 나는 그런 줄도 모르고 동경에 다녀와서도 학교에도 다니고 교회에도 다닌 것을 생각하면 전신에서 식은땀이 흐르오.

그러나저러나 이 일기책은 대관절 어떤 경로를 밟아서 내 아내의 손에 들어왔을까. 아무리 생각해도 알 도리가 없었소. 다만 동경에 정임이 있던 기숙사에서 한 방을 쓰던 키 큰 여학생이 마음에 짚일 뿐이오.

생각해 보면 그 여학생이 나를 도무지 대수롭게 알지 아니할 뿐더러 적의를 가진 눈으로 힐끗힐끗 보던 것이 생각되고, 또 정임의 병실에 한 번 찾아왔을 적에는 나를 보고는 인사도 잘하지 않던 것을 기억하오.

그렇다면 이 여자가 정임과 서로 좋지 아니하여서 그 일기책을 훔쳐서 내 아내에게로 보낸 것이나 아닌가 하고 생각했소. 그리고 정임의 병명도 내 아내가 분노할 병명으로 지은 것이 아닌가 하였소. 나는 언제 한 번 순임을 보고 물어보려 하였으나 도무지 말이 나오지를 아니하여 못 물어보았소.

그러나 그까짓 것은 다 둘째나 셋째 가는 지엽적인 문제요,

내 일을 어찌하면 좋은가 하는 것이 나를 내려 누르는 큰 문제
가 아니오.

그것은 어느 월요일이었소. 나는 조회 시간에 생도들에게 '여
자를 존경하라, 여자를 희롱하는 생각을 가지지 말아라.' 하는
훈화를 하였소. 그것은 전날 신문에 어떤 학교 학생 셋이 지나
가는 여학생을 희롱하다가 어떤 의분 있는 행인과의 사이에 말
썽이 되었다는 기사를 보고 느낀 바 있어서 한 말이었소.

첫 시간인 사 년급 수신 시간에 나는 가장 엄숙한 안색과 태
도로 출석부와 교과서와 분필갑을 들고 교실로 들어갔소.

그랬더니 출석부를 부를 때부터 교실에는 끼득끼득 한두 사
람의 웃는 소리가 들렸으나 원체 까다롭게 굴려고 아니하는 나
는 그런 것을 못 들은 체하였소. 그리고 태연히 출석을 다 부르
고 나서 책을 펴 놓고 교수를 시작하려 할 때에 사십여 명 학생
중에서 거의 반수나 되는 듯싶도록 교실을 흔들게 웃었소.

아무리 까다롭지 못한 나로도 낯이 화끈하고 불쾌한 감정이
일어나서,

"웬일들이냐?"

하고 소리를 질렀소. 내 소리는 교실 유리창이 울리도록 크고
또 떨렸소. 이전에 없던 성난 소리에 학생들은 웃음을 그쳤소.

나도 내 음성이 어떻게 그렇게 컸던가, 또 떨렸던가를 놀라지

아니할 수 없었소.

아이들이 정연해지기로 나는 더 추궁하려고 아니하고 다시 강의를 시작하려고 하였소. 그러나 내가 말을 시작하기도 전에 그들은 또 소리를 내어 웃었소. 아주 유쾌하게 그리고 조롱하는 듯한 웃음이었소.

이에 나는 필유곡절(必有曲折)이라고 생각하고 책을 덮어 놓고 무서운 눈으로 학생들을 노려보았소. 내 눈을 보고 마음이 약한 아이들은 시치미를 뗐으나 평소에 다소 불량성을 띤 놈들은 '허, 허', '하, 하.' 하고 분명히 선생이요 교장인 내게 대하여 적의와 모멸을 표하였소.

"선생님."

하고 한 학생이 일어나며,

"저희들은 칠판에 써 놓은 저 글이 우스워서 웃었습니다."

하고 손가락으로 칠판을 가리키오.

나는 그제야 몸을 돌려서 칠판을 보았소. 그리고 앞이 캄캄해짐을 깨닫는 동시에 뒤에서 아이들이 일제히 발을 구르며 웃고 칠판에 쓰인 글을 노래하는 듯이 합창함을 들었소. 나는 그 순간에 교단 위에 쓰러지지 아니한 것을 이상하게 여기오.

내 심장의 고동과 호흡은 분명히 정지가 되었었소. 내 수족과 등골에는 언제 어떻게 솟은 것인지 찬땀이 흘렀소. 세상에 이런 일도 있소? 그러한 지 거의 일 년을 지낸 오늘날이건마는 이 글을 쓸 때에도 내 심장의 고동과 호흡이 막힘을 깨닫소.

나는 아득아득하는 눈을 다시 떠서 칠판을 한 번 더 바라보았소. 그러나 칠판에 쓰인 글자는 아까나 지금이나 변함이 없을뿐더러 내 눈의 관계인지 더욱 크게 보이오.

'에로 교장 최석, 에로 여자 고등사범 학생 남정임'

이렇게 써 놓은 것이오.

나는 번개같이 내 날이 온 것을 깨달았소. 나의 십오 년간 교육자로의 생활의 끝날이 온 것을 깨달았소. 그리고 나는 그 칠판에 쓴 것을 지워 버릴 생각도 아니하고 출석부와 책과 분필갑을 들고 교실 밖으로 나왔소. 뒤에서 아이놈들이,

"에로 교장 만세! 만세! 만세!"

하고 만세를 합창하고는 박장을 하고 발을 구르고 웃는 소리가 나오.

나는 그중에 어느 소리가 어느 놈의 소리인지 분명히 알 수가 있었소. 내가 몸소 입학 구술시험을 보아서 들이고 또 내 손으로 사 년 동안 가르친 아이들이 아니오? 그 한 놈, 한 놈을 내가 내 친자식과 같이 애지중지하던 것들이 아니오.

나는 교장실로 들어가기 전에 교무 주임 K를 힐끗 보았소. 그는 전 교장 S라는 서양인이 늙어서 그만두고 귀국할 때에 나와

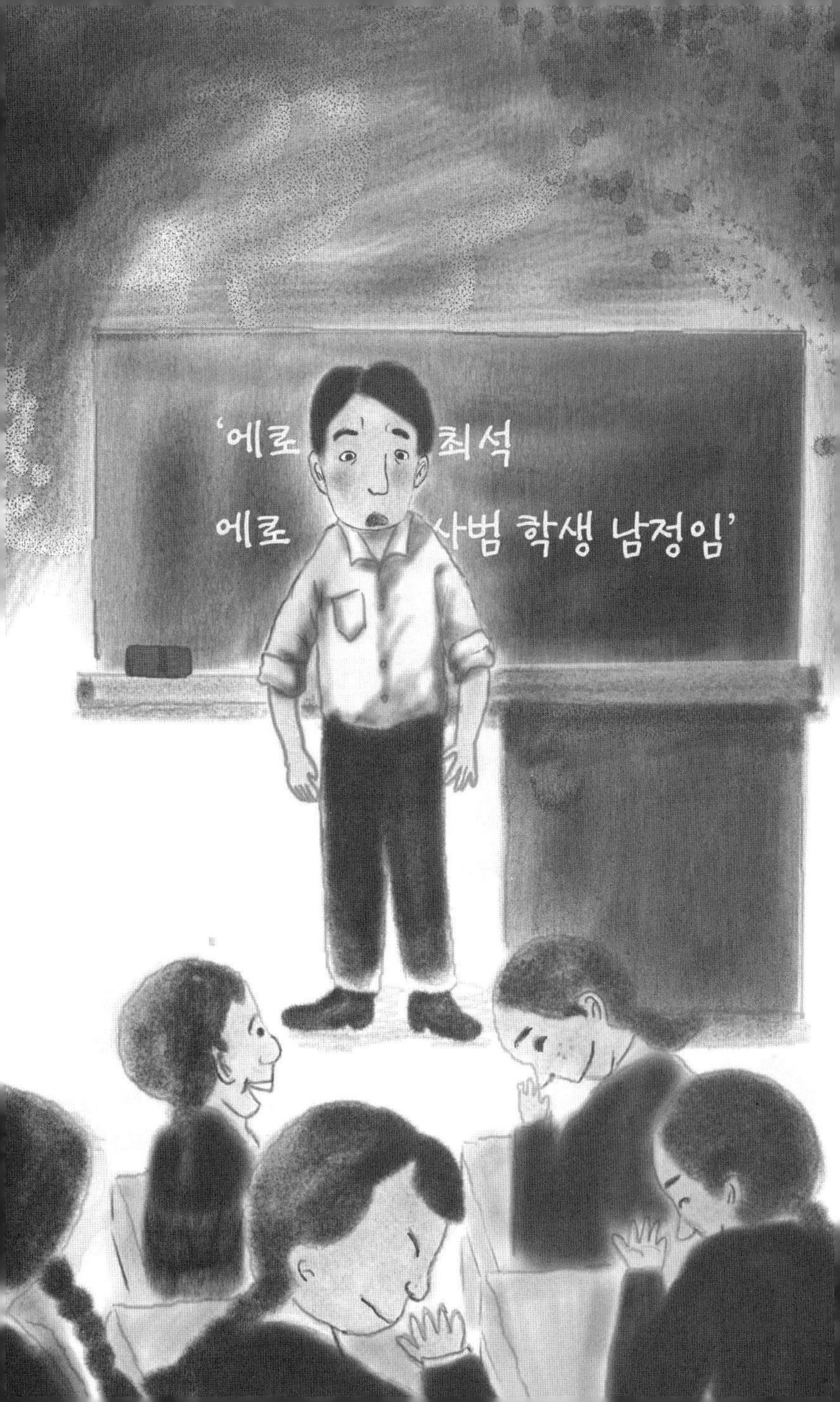
'에로 최석
에로 사범 학생 남정임'

함께 교장 후보자가 되었던 사람이오. 그러다가 이사회에서 선거한 결과로 내가 당선이 되고, 그가 낙선이 된 것이오. 그는 본래 이 학교에 오래 있었고 나는 J 전문학교의 교수로부터 온 사람이 아니었소.

형도 다 아시는 바이어니와, 이 사람은 나 때문에 자기가 교장 못 된 것을 원한으로 알고 항상 무슨 기회를 엿보던 판이 아니었소. 겉으로는 내게 대하여 부하로서의 충성과 친구로서의 우의를 꾸미나 나도 바보가 아닌 연에 그 사람 K의 심정을 노상 모를 리야 있소.

그렇지마는 일전에 순임이, '교무 선생님도 보셨답니다.' 하는 말을 듣기는 들었지만 설마 이것을 가지고 나를 잡는 연장을 삼으리라고까지는 생각지 못하였소.

K도 나와 같이 교회의 직분을 띤 사람이 아니오? 예배당에서는 성경을 강론하고 기도를 인도하는 지도자가 아니오? 설마 그 사람이야? 이렇게 생각하는 것이 옳지 않소.

그러나 이 일은 K 교무 주임의 음모에서 나온 것임을 나는 나중에 알았소. 그리고 K 교무 주임은 지금은 소원 성취하여 내 뒤를 이어서 교장이 되었소.

나는 교장실에 들어가는 길로 사표를 써 놓고 K 교무 주임을 불러서,

"심히 무책임한 일 같소이다마는 나는 부득이한 사정으로 사직하니 곧 선생이 이사회를 모으고 처리하시지요. 그때까지는 교장 사무를 선생이 보시지요."

하였소.

"웬일이시오? 청천벽력으로 웬일이시오? 교장이 사직을 하시면 학교는 어떻게 됩니까?"

하고 펄쩍 뛰던 그의 모양이 지금도 눈에 선하오.

아직까지도 K 씨, 지금은 교장이 그가 나를 그렇게 아끼는지 한 번 물어보고 싶소.

아무려나 이 모양으로 나는 교육가로서의 생활을 끝을 막음하였소.

그러나 형!

이것이 교육가로서의 생활의 끝만 되겠소? 내가 이번 일로 하여서 받은 타격은 내 명예와 자존심을 파괴해 버렸소.

나는 가정에서는 남편으로나 아비로나 완전히 위신을 잃어버렸고, 학교에서는 교장으로나 교사로나 완전히 큰 죄인이 되어 버렸소.

그날 석간 모 신문에 '에로 교장'이라는 문구를 수없이 늘어놓은 기사가 났소. 내가 교장을 사직한 이면이라고 해서 내 아내의 입에서 나온 말과 거의 같으나 거기다가 살을 붙이고 문체를 돈친 기사가 난 것이오.

이 기사에 의하면 나는 본래 위선자요, 행실이 부정한 자였소. 형도 반드시 이 기사를 보고 놀랐으리라 믿소.

'학교 모 당국자 담'이라는 제목으로,

'최 교장이 사직한 것은 사실입니다. 글쎄 그것이 사실이라면 교육계의 큰 불상사입니다. 사람이란 외모로만 취할 수는 없는 일이니까. 그러나 사실이 아니기를 바랍니다.'

이러한 말이 그 신문 기사에 붙어 있었소. 이 모 당국자라는 것이 교무 주임인 것은 말할 것도 없겠지요.

학생들을 선동해 놓고 내가 사표를 제출할 때에는 펄펄 뛰며 붙잡고, 그리고 신문 기사에 관해서는 사실이 아니기를 바란다는 말을 하면서 외모로만 취할 수 없다는 말을 하는 것이 이 교무 주임의 재주외다.

교장이 되리라고 이사회에서 말하면 그는 반드시 '천만에!' 하고 펄펄 뛸 것이지마는 이사회의 공기가 자기에게 불리할 것 같으면 반드시 또 어떠한 음모를 할 것이 눈에 보이오.

나는 보던 신문을 내던지고 최후의 결심을 하였소. 가정과 학교에서 쫓겨난 나 최석은 인제는 조선에서 쫓겨 나갈 프로그램에 다다른 것이오.

그러나 나는 도리어 태연하였소. 내가 어떻게 이 경우에 이렇게 태연하였을까. 지금 생각하면 몇 가지 이유가 있었소.

첫째로는 하도 의외에 오는 큰 타격 도무지 상상할 수도 없는 큰 타격이니까 이 큰 타격이 내 정신을 마비시킨 것이겠지요.

둘째로는 도무지 내 양심에 부끄러워할 것이 없는 때문이겠지요. 그러나 셋째로는 아내, 자식, 동지, 동료, 세상의 믿을 수 없음에 낙망하여 에라 이런 놈의 가정이나 세상을 떠나 버리자 시원하게 떠나 버리자 한 것이 이유가 되었을 것이오.

나는 도무지 힘들게 생각하지도 아니하고 딱 결심을 하여 버렸소. 집을 떠나자, 조선을 떠나자, 그리고 아무쪼록 속히 이 세상을 떠나 버리자 하는 것이오.

나는 이렇게 결심을 하고 태연히 저녁상을 받고 아내더러 오늘 신문 석간을 보라고 하였소.

"여보!"

하고 나는 밥을 몇 숟가락 먹은 뒤에 뾰로통하고 앉았는 아내를 불렀소.

"웬 챙견이시우?"

하고 아내는 내가 예기하였던 바와 같이 톡 쏘았소.

"아니 그런 게 아니라 오늘 ○○신문 석간에 당신이 보면 퍽 좋아할 말이 났단 말요."

하고 나는 웃었소. 정말 유쾌하게 웃었소. 내가 아내에게 이 말을 하는 것이 유쾌하였단 말이오.

나는 아직 교장을 사직한 것을 아내에게도 알리지 아니하였소. 알릴 사이도 없고 알릴 필요도 없다고 생각하였던 것이오.

물론 현재의 심리 상태로서 내가 보란다고 아내가 곧 신문을 볼 리가 없소. 내가 밥을 먹고 나간 뒤에야 볼 것이오. 그때까지는 아무리 호기심이 있더라도 아니 볼 것이오. 미운 남편의 말을 듣는다는 것이 골딱지가 난단 말이오.

내가 물 만 밥을 거의 다 먹은 때에 순임이년이,

"어머니!"

하고 문을 박차듯이 뛰어 들어왔소. 내가 있는 것을 보고 주춤하였소. 순임의 손에는 내가 말한 석간이 들려 있었소. 나는 속으로 또 한 번 유쾌한 듯이 픽 웃었소.

"아버지, 이 신문 보셨어요?"

하고 순임은 내 사진까지 난 신문을 내미오.

"그럼 안 봐? 그런 재미있는 기사를 놓칠 듯싶으냐. 너 어머니나 보여 드려라, 심심할 테니."

하고 나는 바늘을 박은 독한 말을 하였소.

"어머니! 이를 어쩌우? 이걸 좀 보아요."

하고 순임은 신문을 제 어머니 앞에 펴 놓고는 훌쩍훌쩍 울기를 시작하오.

순임이 우는 것을 보니까 얼음같이 찬웃음으로 찼던 내 가슴에는 뜨거운 무엇이 흐름을 깨달았소.

　아내는 그 기사를 읽었소. 나는 밥을 다 먹고 나서도 아내의 입에서 무슨 말이 나오는가, 이 기사가 내 아내에게 어떠한 반응을 주는가를 알고 싶어서 가만히 벽에 기대어 있었소.

　아내는 그 기사를 다 읽고 나더니,

　"아이 고소해라!"

하는 한마디를 내던지고는 우는 순임을 보고,

　"울기는 왜 우니? 왜 신문에서 없는 말을 썼니? 신문 기자가 날더러 물었더면 좀 더 자세히 말을 해 줄 것을."

하고 다음에는 나를 향하여,

　"잘됐구려. 원래 교장 노릇을 하기가 잘못이지. 무슨 낯으로 뻔뻔스럽게 교장 노릇을 한단 말요? 애시 고만둘 게지. 흥 교육가. 인제 잘됐구려. 인제야 더 망신할 나위 없으니 마음대로 정임이하구 사랑을 하든지 건넌방을 하든지 하시구려."

하고는 잠깐 쉬었다가,

　"흥 모양 좋소. 인제 어디 낯을 들고 나가 댕긴단 말요? 아이 고소해라! 깨깨 싸지."

하고 길게 한숨을 내어 쉬오.

　순임은 북받쳐 오르는 울음을 참을 수 없어 건넌방으로 가 버렸소.

나는 아내의 이런 독한 말을 듣고도 조금도 노엽지 아니하였소. 다만 순임이 우는 것이 마음이 아플 뿐이었소.

나는 이날 밤에 거의 밤이 새도록 재산 목록을 만들고 유언을 썼소. 나는 내 재산을 오 등분하여 아내, 순임, 선임, 희, 정임 다섯 몫에 평균 분배할 것을 말하고, 은행에 현금 예금 중에서 얼마를 찾아서 내가 세상을 하직하는 날까지 마음대로 쓰기로 하였소.

이튿날 아침에 나는 이것으로 공정 증서를 만들어 원본을 내 집 금고에 넣고 등본 한 벌을 형에게로 보낸 것이오.

그리고 나는 온다 간다 말없이 슬그머니 집을 떠나서 여의도 비행장에서 일본으로 가는 비행기를 탔소. 비행기를 탄 것은 아무쪼록 남의 눈에 뜨이지 말자는 뜻이었소.

나는 처음은 만주 방면으로 달아나려고 하였소. 우리 조선 사람이란 달아난다면 곧 만주 방면을 연상하는 버릇이 있는 까닭이었소. 세상을 버리려고 가는 길에 방향이 있을 리가 있소. 그러나 어디를 가든지 나는 마지막으로 정임을 한 번 보아야 하겠어서 동경으로 향한 것이오.

푸루룩 하는 프로펠러 소리에 한강, 서울 삼각산이 까맣게 안개 속으로 숨어 버리고 추풍령을 멀리 천여 미터 밑으로 내려다

보는 새에 어느덧 울산에 다다라 잠깐 쉬고 창파 묘망한 천 리 검은 바다 위에 날 때에는 벌써 내가 사랑하던 조선의 땅은 구름 밖에 숨어 버리고 말았소.

아아, 다시 볼지 모르는 조선의 땅이여! 하고 나는 가슴이 아팠소마는 그런 생각도 순식간이요. 벌써 후쿠오카 이 모양으로 이튿날 오후에 동경에 다다랐소.

정임의 병실 문을 두드리니 문을 여는 것은 정임이었소.

"웬일이냐?"

하고 나는 깜짝 놀랐소.

"아이!"

하고 정임은 나 이상으로 놀라는 모양으로 뒤로 물러섰소.

정임은 머리를 아무렇게나 틀고 자줏빛 줄 있는 배스로브를 입고 발을 벗었소.

"지금 오는 길이다. 그런데 어느새 일어났느냐. 그래도 괜찮으냐. 간호부랑은 다 어디 갔니?"

하면서 정임의 모양을 훑어보았소.

수척한 것이야 말할 것도 없지마는 그래도 병색은 좀 덜한 것 같았소.

"며칠째 제가 이렇게 기동을 하게 되어서 간호부는 돌려보냈어요. 오늘 선생께서 회진을 오시면 퇴원을 시켜 달라려고 했는데요."

하고 정임은 제가 병이 나았다는 것을 실지로 보이려는 듯이 비틀거리지 않는 걸음으로 서너 걸음 걸어 보이고 내가 앉을 교의를 밀어 놓았소.

나는 정임이 권하는 교의에 앉았소.

"그래 먹기는 무얼 먹니?"

"죽 먹는데, 죽에 물렸어요. 밥을 좀 먹고 싶은데 밥을 안 줍니다."

하고 주저주저하면서 내 곁에 걸어와서 내가 앉은 교의에 한 손을 얹고 서오.

나는 정임의 일기에 '그이의 옷자락이라도 손끝이라도 스치고 싶은 걸 어찌하나.' 한 것을 생각하였소. 정임이 제야 내가 그 일기를 읽은 줄도 모르고 또 내 몸에 어떻게 큰 변화가 생긴 줄도 모르겠지요.

"그런데 어떻게 오셨습니까?"

하고 정임은 내가 침묵하고 있는 것을 견디다 못하여 물었소.

나는 내가 전번 정임을 보고 간 뒤에 일어난 모든 일이 어지럽게 생각이 나고 또 앞에 내가 나갈 일이 막연하게 보여서 말이 막혀서 우두커니 앉았던 것이오.

나는 가볍게,

"네가 어떤가 보려고 왔다."

하고 무의식중에 길게 한숨을 쉬었소.

"학교도 쉬시고?"

하고 정임은 내 양복 깃을 만져서 접히는 것을 바로잡는 모양이었소.

"학교는 사직해 버렸다."

"네에? 왜요?"

하고 정임은 교의에 얹었던 손을 떼어 가지고 한 걸음 더 앞으로 나서오.

"다른 일을 좀 해 볼 양으로."

"네에."

하고 정임은 더 파서 묻기가 미안한 모양이나 그 눈에는 의심과 불안이 꽉 찬 것이 분명하였소.

그러나 나는 지금 정임의 마음을 괴롭게 할 말을 하여서는 아니 될 것을 생각하였소.

그러나 정임에게 가장 놀랍지 아니하게 가장 정임이 받을 타격의 분량이 적도록 그동안 일어난 사정을 말할 필요도 있는 것은 사실이오. 그 일은 정임에게도 관계가 되는 일이니까.

"나는 어디 여행을 좀 하고 올란다. 그래서 떠나기 전에 너를 한 번 더 보고 가려고 왔다. 몸도 성하지 못한 것을 혼자 두고 가서 안되었지마는 내가 있대야 별 수 없고, 네 치료비는 P 선생에게 맡기고 가니 아무 때에나 필요하거든 찾아 써라. 절약해 쓰면 네가 일생이라도 먹고 살 만하니 돈 걱정은 말고 부디 몸조심해서 공부를 잘해라. 네가 호흡기가 약하니까 학교를 졸업하더라도 교사 노릇할 생각은 말고 혼인하기까지에는 너 혼자서 네 마음대로 책이나 보고 너 하고 싶은 일을 하여라. 내가 너를 여덟 살부터 길렀으니 의로나 정으로나 내 친딸과 조금도 다름이 없을뿐더러, 부모도 안 계시고 몸도 약하니 내가 순임이를 생각하는 것보다 너를 더 가엾게 생각한다. 내 생각 같아서는 너를 늘 내 곁에 두고 싶건마는 어디 사정이 그리 되느냐. 그러니 너는 내 집에 올 생각도 말고 너 혼자 네 길을 개척하여라. 나는 네가 범상한 아이가 아닌 것을 믿는다. 너는 반드시 남이 못한 일을 할 아인 줄을 믿는다. 그러니까 부디 몸을 조심해서 부디 주의해서 세상이 너를 향하여 무슨 말을 할지라도 무슨 참을 수 없는 말을 할지라도 도무지 괴로워 말고 흔들리지도 말고 태연하게 나가거라. 너는 내 크나큰 희망 중에 하나다. 부디 내 말을 허술히 알지 말고, 알아들었니?"

이 모양으로 말을 하였소.

여행 중에 준비하여서 아주 냉정하게 말하려던 것이 정작 정임을 대해서 이 말을 하게 되니 점점 흥분이 되어서 말이 떨리고 눈물이 끓어오름을 깨달았소.

　고개를 숙이고 서서 듣던 정임은 울기 시작하였소. 그는 울음을 참으려고 안간힘을 쓰는 모양이었으나 몸이 흔들리고 눈물이 쏟아졌소.

　나는 아뿔싸 이거 안되었구나 하고 벌떡 일어나서 정임의 어깨에 손을 얹고,

　"아가 울지 마라, 울면 병이 더친다. 자, 가 드러누워라. 내 여관에 갔다가 내일 아침에 오마. 어서 울지 말고 가 드러누워."

하고 정임을 침대 곁으로 밀었소.

　그랬더니 정임은 열정에 견디지 못하는 듯이 내 가슴에 얼굴을 대고 더욱 느껴 우오.

　"얘! 울지 말어!"

하고 나는 아비의 위엄으로 소리를 질렀소. 그리고 정임의 어깨를 잡아서 몸에서 떼어 밀었소.

　정임은 눈물이 흐르는 눈으로 나를 바라보면서 흐느끼는 소리로,

　"저를 딸이라고 불러 주셔요!"

하고는 또 내 가슴에 얼굴을 묻고 몸을 내게 기대었소.

　"오냐, 네가 내 딸이다. 내가 네 돌아가신 아버지 대신 네 아버지다. 정임아, 네가 내 딸이다!"

하고 나는 터지려는 울음을 참으면서 정임의 등을 한 번 만져 주었소. 그리고

"정임아 인제 울지 말고 드러누워서 안정해라."

하고 나는 정임을 억지로 떠밀어다가 침대에 누이고 담요를 덮어 주고 눈물을 씻어 주고, 그리고는

"그런데 이 간호부는 어디 갔단 말이냐? 오, 내보냈다지? 그럼 스키소이는 어디 갔단 말이냐?"

하고 교의에 돌아와 앉았소.

정임은 대답이 없고 다만 두 손으로 낯을 가리고서 울기만 하였소.

이때에 간호부가 저녁 검온을 하러 들어왔소.

나는 일어나서 공손하게 인사하고 정임이 신세진 치하를 하였소.

"속히 나으셔서 기쁘시겠습니다."

하고 간호부는 답례를 하고 정임의 곁으로 가서,

"난 상, 주무시오? 우시오? 이케마센요(좋지 않습니다)."

하고 검온기를 정임의 배에 놓고 나가 버리오.

나는 병원에서 어떤 모양으로 여관에 돌아왔는지 모르오. 어디서 어떻게 택시를 주워 타고 어떻게 여관 문을 들어와서 층층대를 올라왔는지 모르오. 어떻게 키를 달래 가지고 문을 열고

들어왔는지 모르오. 정임의 앞에서 억제하였던 모든 감정이 병원 문을 나서면서 폭발이 된 것이오.

　방에 들어와 앉아서 나는 불을 켤 생각도 아니하고 저녁을 먹을 생각도 아니하고 취한 사람 모양으로 얼빠진 사람 모양으로 언제까지든지 몸도 꼼짝 아니하고 앉아 있었소.

　밖에서는 비가 오는 모양이오. 전차와 자동차 달리는 소리가 빗소리에 섞여서 우는 소리 모양으로 들리오.

　나는 교의에서 벌떡 일어나며,

　"가자. 내일 아침에 떠나자. 정임에게는 온다간다 말도 없이 가 버리고 말자."

하고 혼자 중얼거렸소.

　그리고 식당에 가서 요기를 하고는 로비에 앉아서 사람들이 오락가락하는 것을 보고 있었소. 밖에서 들어오는 사람들의 외투에 물방울이 번쩍하는 것을 보니 상당히 비가 오는 모양이오.

　로비 한편 구석 테이블 앞에 어떤 인도 사람인 듯한 이 하나가 혼자 앉아서 무슨 생각을 하고 있소. 그렇게도 고요하게, 그렇게도 애수의 빛을 띠고, 다른 아리안 족들은 모두 혹은 동족 여자와, 혹은 일본 여자와 유쾌하게 기운 있게 환담을 하는데 인도인 신사 한 분만이 그렇게도 적막하게 앉았소.

　내가 내일 이곳을 떠나면 어디로 갈는지 모르거니와 내 앞에

닥칠 내 신세가 꼭 저 인도인의 신세와 같을 것 같았소.

영국인, 미국인 그 호기 있는 사람들에게는 말을 붙일 생각이 없었으나 나는 이 인도인 신사와는 말을 붙여 보고 싶었소. 그는 나와는 퍽 가까운 관계를 가지고 있는 것 같았소. 처음 보지마는 정다운 것 같았소.

그러나 내 가슴에 사무친 한량없는 근심은 이 인도인 신사에게 말을 붙일 여유를 주지 아니하였소.

아까 병원에서 정임이 울고 내 가슴에 안기던 모양이 눈앞에 번쩍하면 내 심장은 형언할 수 없는 격렬함과 불규칙함을 가지고 뛰었소. 쾅쾅쾅쾅 하는 절망적이요 어지러운 소리가 내 귀에 들리는 듯하였소.

나는 이 층인 내 방으로 올라왔소. 나는 내 마음의 평정을 억지로 회복할 양으로 활활 옷을 벗고 목욕을 하고 그리고 자리옷을 갈아입고 그리고는 불을 끄고 침대 속으로 뛰어 들어가서,

"나는 잔다."

하고 스스로 소리를 질렀소.

나는 몇 번이나 등을 켰다가는 끄고, 켰다가는 끄고 하다가 마침내 벌떡 일어났소.

나는 편지지를 내어 놓고,

'사랑하는 딸 정임아.'

하고 썼다가는 '사랑하는'이라는 말이 온당치 아니한 듯하여 찢어 버리고,

　'내 딸 정임아.'

하고 썼다가 '내'라는 말이 불온하다 하여 찢어 버리고, 마침내

　'딸 정임아!

　나는 간다. 어딘지 모르는 곳으로 나는 간다.

　나는 조선을 버리고 내가 지금까지 위해서 살고, 속에서 살고, 더불어 살던 모든 것을 떠나서 나는 지향 없이 간다.

　내 딸아!

　나는 네 일기를 보았다. 네가 나를 얼마나 사모해 주는지를 잘 알았다. 그리고 아까 네가 울면서 내 가슴에 안기던 정을 내가 안다. 부모도 없는 너, 외로운 너, 병든 너의 그 형언할 수 없는 적막을 내가 안다.

　그러나 정임아, 나는 네 사모함을 받을 수가 없는 사람이다. 네가 나를 사모하느니만큼 나도 너를…….'

하고 그다음 말을 무엇이라고 쓸까 하고 붓을 정지하였소.

　'나도 너를 사모.'라는 것은 물론 말이 아니 되고, '나는 너를 사랑.'이라고 하면…… 하다가, 나는 '아니! 아니!' 하고 힘 있게 몸을 흔들었소.

　나는 '사랑'이란 말에 이르러서 힘 있게 몸을 흔들고는 붓대

를 내던지고 황송한 망상을 떨어 버리려고 문을 열고 옥상으로 나갔소.

한참이나 인적 없는 옥상을 거닐다가 빗방울이 내 뜨거운 뺨을 치는 것을 깨달았소. 동풍인지 북풍인지 모르나 바람이 부오. 입김 모양으로 훅 불고는 그치고, 그럴 때마다 빗발이 가로 뿌리오.

긴자의 네온사인 빛이 《파우스트》에 나오는 요귀의 불빛 모양으로 푸르무레하게 허공을 비추오. 동경의 불바다는 내 마음을 더욱 음침하게 하였소.

이때에 뒤에서,

"모시모시(여보세요)."

하는 소리가 들렸소. 그것은 흰 저고리를 입은 여관 심부름꾼이었소.

"왜?"

하고 나는 고개만 돌렸소.

"손님이 오셨습니다."

"손님?"

하고 나는 심부름꾼에게로 한 걸음 가까이 갔소. 나를 찾을 손님이 어디 있나 하고 나는 놀란 것이오.

"따님께서 오셨습니다. 방으로 모셨습니다."

하고 심부름꾼은 들어가 버리고 말았소.

"따님?"

하고 나는 더욱 놀랐소.

순임이 서울서 나를 따라왔나? 그것은 안 될 말이오. 순임이 내 뒤를 따라 떠났더라도 아무리 빨리 와도 내일이 아니면 못 왔을 것이오.

그러면 누군가? 정임인가? 정임이 병원에서 뛰어온 것인가? 나는 두근거리는 가슴을 억지로 진정하면서 내 방문을 열었소.

그것은 정임이었소. 정임은 내가 쓰다가 둔 편지를 보고 있다가 벌떡 일어나 내게 달려들어 안겨 버렸소. 나는 얼빠진 듯이 정임이 하라는 대로 내버려두었소.

그 편지는 부치려고 쓴 것도 아닌데 그 편지를 정임이 본 것이 안 되었다고 생각하였소.

형! 나를 책망하시오. 심히 부끄러운 말이지마는 나는 정임을 힘껏 껴안아 주고 싶었소.

나는 몇 번이나 정임의 등을 굽어보면서 내 팔에 힘을 넣으려고 하였소.

정임은 심히 귀여웠소. 정임이 그처럼 나를 사모하는 것이 심히 기뻤소. 나는 감정이 재우쳐서 눈이 안 보이고 정신이 몽롱하여짐을 깨달았소. 나는 아프고 쓰린 듯한 기쁨을 깨달았소.

영어로 엑스터시라든지, 한문으로 무아의 경지란 이런 것이 아닌가 하였소. 나는 사십 평생 이러한 경험을 처음 한 것이오.

형! 형이 아시다시피 나는 내 아내 이외에 젊은 여성에게 이렇게 안겨 본 일이 없소. 물론 안아 본 일도 없소.

그러나 형! 나는 나를 눌렀소. 내 타오르는 애욕을 차디찬 이지의 입김으로 불어서 끄려고 애를 썼소.

"글쎄 웬일이냐. 앓는 것이 이 밤중에 비를 맞고 왜 나온단 말이냐. 철없는 것 같으니."

하고 나는 아버지의 위엄으로 정임의 두 어깨를 붙들어 암체어에 앉혔소. 그리고 나도 테이블을 하나 세워 두고 맞은편에 앉았소.

정임은 부끄러운 듯이 두 손으로 낯을 가리고 제 무릎에 엎드려 울기를 시작하오.

정임은 누런 갈색의 외투를 입었소. 무엇을 타고 왔는지 모르지마는 구두에는 꽤 많이 물이 묻고 모자에는 빗방울 얼룩이 보이오.

"네가 이러다가 다시 병이 더치면 어찌한단 말이냐. 아이가 왜 그렇게 철이 없니?"

하고 나는 더욱 냉정한 어조로 책망하고 데스크 위에 놓인 내 편지 초를 집어 박박 찢어 버렸소. 종이 찢는 소리에 정임은 잠깐 고개를 들어서 처음에는 내 손을 보고 다음에는 내 얼굴을 보았소.

그러나 나는 모르는 체하고 도로 교의에 앉아서 가만히 눈을 감았소. 그리고 도무지 흥분되지 아니한 모양을 꾸몄소.

형! 어떻게나 힘 드는 일이오? 참으면 참을수록 내 이빨이 마주 부딪고, 얼굴의 근육은 씰룩거리고 손은 불끈불끈 쥐어지오.

"정말 내일 가세요?"

하고 아마 오 분 동안이나 침묵을 지키다가 정임이 고개를 들고 물었소.

"그럼, 가야지."

하고 나는 빙그레 웃어 보였소.

"저도 데리고 가세요!"

하는 정임의 말은 마치 서릿발이 날리는 칼날과 같았소.

나는 깜짝 놀라서 정임을 바라보았소. 그의 눈은 빛나고 입은 꼭 다물고 얼굴의 근육은 팽팽하게 켕겼소. 정임의 얼굴에는 찬 바람이 도는 무서운 기운이 있었소.

나는 즉각적으로 죽기를 결심한 여자의 모양이라고 생각하였소. 열정으로 불덩어리가 되었던 정임은 내가 보이는 냉랭한 태도로 말미암아 갑자기 얼어 버린 것 같았소.

"어디를?"

하고 나는 정임의 '저도 데리고 가세요.' 하는 담대한 말에 놀라면서 물었소.

"어디든지, 아버지 가시는 데면 어디든지 저를 데리고 가세요. 저는 아버지를 떠나서는 혼자서는 못 살 것을 지나간 반 달 동안에 잘 알았습니다. 아까 아버지 오셨다 가신 뒤에 생각해 보니깐 암만해도 아버지는 다시 저에게 와 보시지 아니하고 가실 것만 같애요.

그리고 저로 해서 아버지께서는 무슨 큰 타격을 당하신 것만 같으셔요. 처음 뵈올 적에 벌써 가슴이 뜨끔했습니다. 그리고 여행을 떠나신다는 말씀을 듣고는 반드시 무슨 큰일이 나셨느니라고만 생각했습니다. 그리고 저어, 저로 해서 그러신 것만 같고, 저를 버리시고 혼자 가시려는 것만 같고, 그래서 달려왔더니 여기 써 놓으신 편지를 보고 그 편지에 다른 말씀은 어찌 됐든지, 네 일기를 보았다 하신 말씀을 보고는 다 알았습니다.

저와 한 방에 있는 애가 암만해도 어머니 스파인가 봐요. 제가 입원하기 전에도 제 눈치를 슬슬 보고 또 책상 서랍도 뒤지는 눈치가 보이길래 일기책은 늘 쇠 잠그는 서랍에 넣어 두었는데 아마 제가 정신없이 앓고 누웠는 동안에 제 핸드백에서 쇳대를 훔쳐 갔던가 봐요. 그래서는 그 일기책을 꺼내서 서울로 보냈나 봐요. 그걸루 해서 아버지께서는 불명예스러운 누명을 쓰시고 학교일도 내놓으시게 되고 집도 떠나시게 되셨나 봐요. 다시는 집에 안 돌아오실 양으로 결심을 하셨나 봐요.

아까 병원에서도 하시는 말씀이 모두 유언하시는 것만 같아서 퍽 의심을 가졌었는데, 지금 그 쓰시던 편지를 보고는 다 알았습니다. 그렇지만 그렇지만."

하고 웅변으로 내려 말하던 정임은 갑자기 복받치는 열정을 이기지 못하는 듯이, 한 번 한숨을 지우고,

"그렇지만 저는 아버지를 따라가요. 절루 해서 아버지께서는 집도 잃으시고 명예도 잃으시고 사업도 잃으시고 인생의 모든 것을 다 잃으셨으니 저는 아버지를 따라가요. 어디를 가시든지 저는 어린 딸로 아버지를 따라다니다가 아버지께서 먼저 돌아가시면 저도 따라 죽어서 아버지 발밑에 묻힐 테야요.

제가 먼저 죽거든 제가 병이 있으니깐 물론 제가 먼저 죽지요. 죽어도 좋습니다. 병원에서 앓다가 혼자 죽는 건 싫어요. 아버지 곁에서 죽으면 아버지께서, 오 내 딸 정임아 하시고 귀해 주시고 불쌍히 여겨 주시겠지요. 그리고 제 몸을 어디든지 땅에 묻으시고 '사랑하는 내 딸 정임의 무덤'이라고 패라도 손수 쓰셔서 세워 주시지 않겠습니까."

하고 정임은 비쭉비쭉하다가 그만 무릎 위에 엎더져 울고 마오.

나는 다만 죽은 사람 모양으로 반쯤 눈을 감고 앉아 있었소.

가슴속에는 정임의 곁에서 지지 않는 열정을 품으면서도, 정임의 말대로 정임을 데리고 아무도 모르는 곳으로 가 버리고 싶으면서도, 나는 이 열정의 불길을 내 입김으로 꺼 버리지 아니하면 아니 되는 것이었소.

"아아, 제가 왜 났어요? 왜 하느님께서 저를 세상에 보내셨어요? 아버지의 일생을 파멸시키려 난 것이지요? 제가 지금 죽어 버려서 아버지의 명예를 회복할 수 있다면 저는 죽어 버릴 터이야요. 기쁘게 죽어 버리겠습니다. 제가 여덟 살부터 오늘날까지 받은 은혜를 제 목숨 하나로 갚을 수가 있다면 저는 지금으로 죽어 버리겠습니다. 그렇지만 그렇지만…….

그렇지만 그렇지만 저는 다만 얼마라도 다만 하루라도 아버지 곁에서 살고 싶어요. 다만 하루만이라도. 아버지! 제가 왜 이렇습니까, 네? 제가 어려서 이렇습니까. 미친년이 되어서 이렇습니까. 아버지께서는 아실 테니 말씀해 주세요.

하루만이라도 아버지를 모시고 아버지 곁에서 살았으면 죽어도 한이 없겠습니다. 제 생각이 잘못이야요? 제 생각이 죄야요? 왜 죄입니까? 아버지, 저를 버리시고 혼자 가시지 마세요, 네? '정임아, 너를 데리고 가마.' 하고 약속해 주세요, 네."

정임은 아주 담대하게 제가 하고자 하는 말을 다 하오. 그 얌전한, 수삽한 정임의 속에 어디 그러한 용기가 있었던가, 참 이상한 일이오. 나는 귀여운 어린 계집애 정임의 속에 엉큼한 여자가 들어앉은 것을 발견하였소.

그가 몇 가지 재료 – 내가 여행을 떠난다는 것과 제 일기를 보았다는 것 – 를 종합하여 나와 저와의 새에, 또 그 때문에 어떠한 일이 일어난 것을 추측하는 그 상상력도 놀랍거니와 그렇게 내 앞에서는 별로 입도 벌리지 아니하던 그가 이처럼 담대하게 제 속에 있는 말을 거리낌 없이 다 해 버리는 용기를 아니 놀랄 수 없었소. 내가, 사내요 어른인 내가 도리어 정임에게 리드를 받고 놀림을 받음을 깨달았소.

그러나 정임을 위해서든지 중년 남자의 위신을 위해서든지 나는 의지력으로, 도덕력으로, 정임을 누르고 훈계하지 아니하면 아니 되겠다고 생각하였소.

"정임아."

하고 나는 비로소 입을 열어서 불렀소. 내 어성은 장중하였소. 나는 할 수 있는 위엄을 다하여 '정임아.' 하고 부른 것이오.

"정임아, 네 속은 다 알았다. 네 마음 네 뜻은 그만하면 다 알았다. 네가 나를 그처럼 생각해 주는 것을 고맙게 생각한다. 기쁘게도 생각한다. 그러나 정임아."

하고 나는 일층 태도와 소리를 엄숙하게 하여,

"네가 청하는 말은 절대로 들을 수 없는 말이다. 내가 너를 친딸같이 사랑하기 때문에 나는 너를 데리고 가지 못하는 것이다. 나는 세상에서 죽고 조선에서 죽더라도 너는 죽어서는 아니 된다. 차마 너까지는 죽이고 싶지 아니하단 말이다.

내가 어디 가서 없어져 버리면 세상은 네게 씌운 누명이 애매한 줄을 알게 될 것이 아니냐. 그리되면 너는 조선의 좋은 일꾼이 되어서 일도 많이 하고 또 사랑하는 남편을 맞아서 행복된 생활도 할 수 있을 것이 아니냐.

그것이 내가 네게 바라는 것이다. 내가 어디 가 있든지, 내가 살아 있는 동안 나는 네가 잘되는 것만, 행복되게 사는 것만 바라보고 혼자 기뻐할 것이 아니냐.

네가 다 옳게 알았다. 나는 네 말대로 조선을 영원히 떠나기로 하였다. 그렇지마는 나는 이렇게 된 것을 조금도 슬퍼하지 아니한다. 너를 위해서 내가 무슨 희생을 한다고 하면 내게는 그것이 큰 기쁨이다.

그뿐 아니라, 나는 인제는 세상이 싫어졌다. 더 살기가 싫어졌다. 내가 십여 년 동안 전생명을 바쳐서 교육한 학생들에게까지 배척을 받을 때에는 나는 지금까지 살아온 것을 생각만 하여도 진저리가 난다. 그렇지마는 나는 이것이 다 내가 부족한 때문인 줄을 잘 안다.

나는 조선을 원망한다든가, 내 동포를 원망한다든가, 그럴 생각은 없다. 원망을 한다면 나 자신의 부족을 원망할 뿐이다. 내가 원체 교육을 한다든지 남의 지도자가 된다든지 할 자격이 없음을 원망한다면 원망할까, 내가 어떻게 조선이나 조선 사람을 원망하느냐.

그러니까 인제 내게 남은 일은 나를 조선에서 없애 버리는 것이다. 감히 십여 년간 교육가라고 자처해 오던 거짓되고 외람된 생활을 끊어 버리는 것이다. 남편 노릇도 못하고 아버지 노릇도 못하는 사람이 남의 스승은 어떻게 되고 지도자는 어떻게 되느냐. 하니까 나는 이제 세상을 떠나 버리는 것이 조금도 슬프지 아니하고 도리어 몸이 가뜬하고 유쾌해지는 것 같다.

오직 하나 마음에 걸리는 것은 내 선배요 사랑하는 동지이던 남 선생의 유일한 혈육이던 네게 누명을 씌우고 가는 것이다."

"그게 어디 아버지 잘못입니까?"

하고 정임은 입술을 깨물었소.

"모두 제가 철이 없어서 저 때문에……."

하고 정임은 몸을 떨고 울었소.

"아니! 그렇게 생각하지 마라. 내가 지금 세상을 버릴 때에 무슨 기쁨이 한 가지 남는 것이 있다고 하면 너 하나가, 이 세상에서 오직 너 하나가 나를 따라 주는 것이다. 아마 너도 나를 잘못 알고 따라 주는 것이겠지마는 세상이 다 나를 버리고, 처자까지도 다 나를 버릴 때에 오직 너 하나가 나를 소중히 알아주니 어찌 고맙지 않겠느냐. 그러니까 정임아 너는 몸을 조심하여서 건강을 회복하여서 오래 잘 살고, 그리고 나를 생각해 다오."

하고 나도 울었소.

형! 내가 정임에게 이런 말을 한 것이 잘못이지요. 그러나 나는 그때에 이런 말을 아니할 수 없었소. 왜 그런고 하니, 그것이 내 진정이니까. 나도 학교 선생으로, 교장으로, 또 주제넘게 지사로의 일생을 보내노라고 마치 오직 얼음 같은 의지력만 가진 사람 모양으로 사십 평생을 살아 왔지마는 내 속에도 열정은 있었던 것이오. 다만 그 열정을 누르고 죽이고 있었을 뿐이오.

물론 나는 아마 일생에 이 열정의 고삐를 놓아 줄 날이 없겠지요. 만일 내가 이 열정의 고삐를 놓아서 자유로 달리게 한다고 하면 나는 이 경우에 정임을 안고, 내 열정으로 정임을 태워 버렸을는지도 모르오. 그러나 나는 정임이 열정으로 탈수록 나는 내 열정의 고삐를 두 손으로 꽉 붙들고 이를 악물고 매달릴 결심을 한 것이오.

열한 시!

"정임아. 인제 병원으로 가거라."

하고 나는 엄연하게 명령하였소.

"내일 저를 보시고 떠나시지요?"

하고 정임은 눈물을 씻고 물었소.

"그럼 J 조교수도 만나고 너도 보고 떠나지."

하고 나는 거짓말을 하였소.

이 경우에 내가 거짓말쟁이라는 큰 죄인이 되는 것이 정임에게 대하여 정임을 위하여 가장 옳은 일이라고 생각한 까닭이오.

정임은, 무서운 직각력과 상상력을 가진 정임은 내 말의 진실성을 의심하는 듯이 나를 뚫어지게 바라보았소. 나는 차마 정임의 시선을 마주 보지 못하여 외면하여 버렸소.

정임은 수건으로 눈물을 씻고 체경 앞에 가서 화장을 고치고, 그리고

"저는 가요."

하고 내 앞에 허리를 굽혀서 작별 인사를 하였소.

"오, 가서 자거라."

하고 나는 극히 범연하게 대답하였소.

나는 자리옷을 입었기 때문에 현관까지 작별할 수도 없어서 심부름꾼을 불러 자동차를 하나 준비하라고 명하고 내 방에서 작별할 생각을 하였소.

"내일 병원에 오세요?"

하고 정임은 고개를 숙이고 낙루하였소.

"오, 가마."

하고 나는 또 거짓말을 하였소.

　세상을 버리기로 결심한 사람의 거짓말은 하느님께서도 용서하시겠지요. 설사 내가 거짓말을 한 죄로 지옥에 간다 하더라도 이 경우에 정임을 위하여 거짓말을 아니할 수가 없지 않소? 내가 거짓말을 아니하면 정임은 아니 갈 것이 분명하였소.

　"전 가요."

하고 정임은 또 한 번 절을 하였으나 소리를 내어서 울었소.

　"울지 마라! 몸 상한다."

하고 나는 정임에게 대한 최후의 친절을 정임의 곁에 한 걸음 가까이 가서 어깨를 또닥또닥하여 주고, 외투를 입혀 주었소.

　"안녕히 주무세요."

하고 정임은 문을 열고 나가 버렸소.

　정임의 걸어가는 소리가 차차 멀어졌소.

　나는 얼빠진 사람 모양으로 그 자리에 우두커니 서 있었소.

　창에 부딪히는 빗발 소리가 들리고 자동차 소리가 먼 나라에서 오는 것같이 들리오. 이것이 정임이 타고 가는 자동차 소리인가. 나는 정임을 따라가서 붙들어 오고 싶었소. 내 몸과 마음은 정임을 따라서 허공에 떠가는 것 같았소.

　아아, 이렇게 나는 정임을 곁에 두고 싶을까. 이렇게 내가 정임의 곁에 있고 싶을까. 그러하건마는 나는 정임을 떼어 버리고 가지 아니하면 아니 된다! 그것은 애끓는 일이다. 기 막히는 일이다! 그러나 내 도덕적 책임은 엄정하게 그렇게 명령하지 않느냐. 나는 이 도덕적 책임의 명령 – 그것은 더위가 없는 명령이다. – 을 털끝만치라도 휘어서는 아니 된다.

그러나 정임이 여관 현관까지 자동차를 타기 전에 한 번만 더 바라보는 것도 못할 일일까. 한 번만, 잠깐만 더 바라보는 것도 못할 일일까. 잠깐만 일 분만 아니 일 초만 한 시그마라는 극히 짧은 동안만 바라보는 것도 못할 일일까.

'아니, 정임을 한 시그마 동안만 더 보고 싶다.'

나는 이렇게 생각하고 벌떡 일어나서 도어의 핸들에 손을 대었소.

'안 된다! 옳지 않다!'

하고 나는 내 소파에 돌아와서 털썩 몸을 던졌소.

'최후의 순간이 아니냐. 최후의 순간에 용감히 이겨야 할 것이 아니냐. 아서라! 아서라!'

하고 나는 혼자 주먹을 불끈불끈 쥐었소.

이때에 짜박짜박하고 걸어오는 소리가 들리오. 내 가슴은 쌍방망이로 두들기는 것같이 뛰었소.

'설마 정임일까.'

하면서도 나는 숨을 죽이고 귀를 기울였소.

그 발자국 소리는 분명 내 문밖에 와서 그쳤소. 그리고는 소리가 없었소.

'내 귀의 환각인가.'

하고 나는 한숨을 내쉬었소.

그러나 다음 순간 또 두어 번 문을 두드리는 소리가 들렸소.

"이에스."

하고 나는 대답하고 문을 바라보았소.

문이 열렸소.

들어오는 이는 정임이었소.

"웬일이냐."

하고 나는 엄숙한 태도를 지었소. 그것으로 일 초의 일천분지의 일이라도 다시 한 번 보고 싶던 정임을 보고 기쁨을 카무플라주 (불리하거나 부끄러운 것이 드러나지 않도록 의도적으로 꾸미는 일) 한 것이오.

정임은 서슴지 않고 내 뒤에 와서 내 교의에 몸을 기대며,

"암만해도 오늘이 마지막인 것만 같아서, 다시 뵈올 기약은 없는 것만 같아서 가다가 도로 왔습니다. 한 번만 더 뵙고 갈 양으로요. 그래 도로 와서도 들어올까 말까 하고 주저주저하다가 이것이 마지막인데 하고 용기를 내어서 들어왔습니다. 내일 저를 보시고 가신다는 것이 부러 하신 말씀만 같고, 마지막 뵈옵

고, 뵈온대도 그래도 한 번 더 뵈옵기만 해도……."

하고 정임의 말은 끝을 아물지 못하였소.

그는 내 등 뒤에 서 있기 때문에 그가 어떠한 표정을 하고 있는지는 볼 수가 없었소. 나는 다만 아버지의 위엄으로 정면을 바라보고 있었을 뿐이오.

'정임아, 나도 네가 보고 싶었다. 네 뒤를 따라가고 싶었다. 내 몸과 마음은 네 뒤를 따라서 허공으로 날았다. 나는 너를 한 초라도 한 초의 천분지 일 동안이라도 한 번 더 보고 싶었다. 정임아, 내 진정은 너를 언제든지 내 곁에 두고 싶다. 정임아, 지금 내 생명이 가진 것은 오직 너뿐이다.'

이런 말이라도 하고 싶었소. 그러나 이런 말을 하여서는 아니 되오!

만일 내가 이런 말을 하여 준다면 정임이 기뻐하겠지요. 그러나 나는 정임이에게 이런 기쁨을 주어서는 아니 되오!

나는 어디까지든지 아버지의 위엄, 아버지의 냉정함을 아니 지켜서는 아니 되오.

그렇지마는 내 가슴에 타오르는 이름 지을 수 없는 열정의 불길은 내 이성과 의지력을 태워 버리려 하오. 나는 눈이 아뜩아뜩함을 깨닫소. 나는 내 생명의 불길이 깜박깜박함을 깨닫소.

그렇지마는! 아아 그렇지마는 나는 이 도덕적 책임의 무상

명령의 발령자인 쓴잔을 마시지 아니해서는 아니 되는 것이오.

'산! 바위!'

나는 정신을 가다듬어서 이것을 염하였소.

그러나 열정의 파도가 치는 곳에 산은 움직이지 아니하오? 바위는 흔들리지 아니하오? 태산과 반석이 그 흰 불길에 타서 재가 되지는 아니하오? 인생의 모든 힘 가운데 열정보다 더 폭력적인 것이 어디 있소?

아마도 우주의 모든 힘 가운데 사람의 열정과 같이 폭력적, 불가항력적인 것은 없으리라. 뇌성, 벽력, 글쎄 그것에나 비길까. 차라리 천체와 천체가 수학적으로 계산할 수 없는 비상한 속력을 가지고 마주 달려들어서 우리의 귀로 들을 수 없는 큰 소리와 우리가 굳다고 일컫는 금강석이라도 증기를 만들고야 말 만한 열을 발하는 충돌의 순간에나 비길까.

형! 사람이라는 존재가 우주의 모든 존재 중에 가장 비상한 존재인 것 모양으로 사람의 열정의 힘은 우주의 모든 신비한 힘 가운데 가장 신비한 힘이 아니겠소. 대체 우주의 모든 힘은 그 것이 아무리 큰 힘이라고 하더라도 저 자신을 깨뜨리는 것은 없소. 그렇지마는 사람이라는 존재의 열정은 능히 제 생명을 깨뜨려 가루를 만들고 제 생명을 살라서 소지를 올리지 아니하오. 여보, 대체 이에서 더 폭력이요, 신비적인 것이 어디에 있단 말이오.

이때 내 상태, 어깨 뒤에서 열정으로 타고 섰는 정임을 느끼는 내 상태는 바야흐로 대폭발, 대충돌을 기다리는 아슬아슬한 때가 아니었소. 만일 조금만이라도 내가 내 열정의 고삐에 늦춤을 준다고 하면 무서운 대폭발이 일어났을 것이오.

"정임아!"

하고 나는 충분히 마음을 진정해 가지고 고개를 옆으로 돌려 정임의 얼굴을 찾았소.

"네에."

하고 정임은 입을 약간 내 귀 가까이로 가져와서, 그 씨근거리는 소리가 분명히 내 귀에 들리고 그 후끈후끈하는 뜨거운 입김이 내 목과 뺨에 감각되었소.

억지로 진정하였던 내 가슴은 다시 설레기를 시작하였소. 그 불규칙한 숨소리와 뜨거운 입김 때문이었을까.

"시간 늦는다. 어서 가거라. 이 아버지는 언제까지든지 너를 사랑하는 딸로 소중히 소중히 가슴에 품고 있으마. 또 후일에 다시 만날 때도 있을지 아느냐. 설사 다시 만날 때가 없다기로니 그것이 무엇이 그리 대수냐. 나이 많은 사람은 먼저 죽고 젊은 사람은 오래 살아서 인생의 일을 많이 하는 것이 순서가 아니냐. 너는 몸이 아직 약하니 마음을 잘 안정해서 어서 건강을 회복하여라. 그리고 굳세게 굳세게, 힘 있게 힘 있게 살아 다오. 조선은 사람을 구한다. 나 같은 사람은 인제 조선서 더 일할 자격을 잃어버린 사람이지마는 네야 어떠냐. 설사 누가 무슨 말을 해서 학교에서 학비를 아니 준다거든 내가 네게 준 재산을 가지고 네 마음대로 공부를 하려무나. 네가 그렇게 해 주어야 나를 위하는 것이다. 자, 인제 가거라. 네 앞길이 양양하지 아니하냐. 자, 인제 가거라. 나는 내일 아침 동경을 떠날란다. 자, 어서."

하고 나는 화평하게 웃는 낯으로 일어섰소.

정임은 울먹울먹하고 고개를 숙이오.

밖에서는 바람이 점점 강해져서 소리를 하고 유리창을 뒤흔드오.

"그럼 전 가요."

하고 정임은 고개를 들었소.

"그래. 어서 가거라. 벌써 열한시 반이다. 병원 문은 아니 닫니!"

정임은 대답이 없소.

"어서!"

하고 나는 심부름꾼을 불러 자동차를 하나 준비하라고 일렀소.

"갈랍니다."

하고 정임은 고개를 숙여서 내게 인사를 하고 문을 향하여 한

걸음 걷다가 잠깐 주저하더니, 다시 돌아서서,

"저를 한 번만 안아 주셔요. 아버지가 어린 딸을 안듯이 한 번만 안아 주셔요."

하고 내 앞으로 가까이 와 서오.

나는 팔을 벌려 주었소. 정임은 내 가슴을 향하고 몸을 던졌소. 그리고 제 이 뺨 저 뺨을 내 가슴에 대고 비볐소. 나는 두 팔을 정임의 어깨 위에 가벼이 놓았소.

이러한 지 몇 분이 지났소. 아마 일 분도 다 못 되었는지도 모르오.

정임은 내 가슴에서 고개를 들어 나를 뚫어지게 우러러보더니, 다시 내 가슴에 낯을 대더니 아마 내 심장이 무섭게 뛰는 소리를 정임은 들었을 것이오. 정임은 다시 고개를 들고,

"어디를 가시든지 편지나 주셔요."

하고 굵은 눈물을 떨구고는 내게서 물러서서 또 한 번 절하고,

"안녕히 가셔요. 만주든지 아령이든지 조선 사람 많이 사는 곳에 가셔서 일하고 사셔요. 돌아가실 생각은 마셔요. 제가, 아버지 말씀대로 혼자 떨어져 있으니 아버지도 제 말씀대로 돌아가실 생각은 마셔요, 네, 그렇다고 대답하셔요!"

하고는 또 한 번 내 가슴에 몸을 기대오.

죽기를 결심한 나는 '오냐, 그러마.' 하는 대답을 할 수는 없었

소. 그래서

　"오, 내 살도록 힘쓰마."

하는 약속을 주어서 정임을 돌려보냈소.

　정임의 발자국 소리가 안 들리게 된 때에 나는 빠른 걸음으로 옥상 정원으로 나갔소. 비가 막 뿌리오.

　나는 정임이 타고 나가는 자동차라도 볼 양으로 여관 현관 앞이 보이는 꼭대기로 올라갔소. 현관을 떠난 자동차 하나가 전찻길로 나서서는 북을 향하고 달아나서 순식간에 그 꽁무니에 달린 붉은 불조차 스러져 버리고 말았소.

　나는 미친 사람 모양으로,

　"정임아, 정임아!"

하고 수없이 불렀소. 나는 사 층이나 되는 이 꼭대기에서 뛰어내려서 정임이 타고 간 자동차의 뒤를 따르고 싶었소.

　"아아 영원한 인생의 이별!"

　나는 그 옥상에 얼마나 오래 섰던지를 모르오. 내 머리와 낯과 배스로브에서는 물이 흐르오. 방에 들어오니 정임이 끼치고 간 향기와 추억만 남았소.

　나는 방 안 구석구석에 정임의 모양이 보이는 것을 깨달았소. 특별히 정임이 고개를 숙이고 서 있던 내 교의 뒤에는 분명히 갈색 외투를 입은 정임의 모양이 완연하오.

"정임아!"

하고 나는 그곳을 따라가오. 그러나 가면 거기는 정임이 없소.

나는 교의에 앉소. 그러면 정임의 씨근씨근하는 숨소리와 더운 입김이 분명 내 오른편에 감각되오. 아아, 무서운 환각이여!

나는 자리에 눕소. 그리고 정임의 환각을 피하려고 불을 끄오. 그러면 정임이 내게 안기던 자리쯤에 환하게 정임의 모양이 나타나오.

나는 불을 켜오. 또 불을 끄오.

날이 밝자 나는 비가 갠 것을 다행으로 비행장에 달려가서 비행기를 얻어 탔소.

나는 다시 조선의 하늘을 통과하기가 싫어서 북강에서 비행기에서 내려 문사에 와서 대련으로 가는 배를 탔소.

나는 대련에서 내려서 하룻밤을 여관에서 자고는 곧 장춘 가는 급행을 탔소. 물론 아무에게도 엽서 한 장 한 일 없었소. 그것은 인연을 끊은 세상에 대하여 연연한 마음을 가지는 것을 부끄럽게 생각한 까닭이오.

차가 옛날에는 우리 조상네가 살고 문화를 짓던 옛 터전인 만주의 벌판을 달릴 때에는 감회도 없지 아니하였소. 그러나 나는 지금 그런 한가한 감상을 쓸 겨를이 없소.

내가 믿고 가는 곳은 하얼빈에 있는 어떤 친구요. 그는 R라는 사람으로서 경술년에 A 씨 등의 망명객을 따라 나갔다가 아라사에서 무관학교를 졸업하고 아라사 사관으로 구주대전에도 출정을 하였다가, 혁명 후에도 이내 적위군에 머물러서 지금까지 소비에트 장교로 있는 사람이오. 지금은 육군 소장이라던가.

나는 하얼빈에 그 사람을 찾아가는 것이오. 그 사람을 찾아야 아라사에 들어갈 여행권을 얻을 것이요, 여행권을 얻어야 내가 평소에 이상하게도 그리워하던 바이칼 호를 볼 것이오.

하얼빈에 내린 것은 해가 뉘엿뉘엿 넘어가는 석양이었소.

나는 안중근이 이등박문(伊藤博文, 이토 히로부미)을 쏜 곳이 어딘가 하고 벌판과 같이 넓은 플랫폼에 내렸소. 과연 국제도시라 서양 사람, 중국 사람, 일본 사람이 각기 제 말로 지껄이오. 아아, 조선 사람도 있을 것이오마는 다들 양복을 입거나 청복을 입거나 하고 또 사람이 많은 곳에서는 말도 잘하지 아니하여 아무쪼록 조선 사람인 것을 표시하지 아니하는 판이라 그 골격과 표정을 살피기 전에는 어느 것이 조선 사람인지 알 길이 없소.

아마 허름하게 차리고 기운 없이, 비창한 빛을 띠고 사람의 눈을 슬슬 피하는 저 순하게 생긴 사람들이 조선 사람이겠지요. 언제나 한 번 가는 곳마다 동양이든지 서양이든지 '나는 조선 사람이오!' 하고 뽐내고 다닐 날이 있을까 하면 눈물이 나오. 더구나 하얼빈과 같은 각색 인종이 모여서 생존 경쟁을 하는 마당에 서서 이런 비감이 간절하오.

아아, 이 불쌍한 유랑의 무리 중에 나도 하나를 더 보태는가 하면 눈물을 씻지 아니할 수 없었소.

나는 역에서 나와서 어떤 아라사 병정 하나를 붙들고 R의 아라사 이름을 불렀소. 그리고 아느냐고 영어로 물었소.

그 병정은 내 말을 잘못 알아들었는지, 또는 R를 모르는지 무엇이라고 아라사말로 지껄이는 모양이나 나는 물론 그것을 알아들을 수가 없었소.

그러나 나는 그 병정의 표정에서 내게 호의를 가진 것을 짐작하고, 한 번 더 분명히

"요십 알렉산드로비치 리가이."

라고 불러 보았소.

그 병정은 빙그레 웃고 고개를 흔드오. 이 두 외국 사람의 이상한 교섭에 흥미를 가지고 여러 아라사 병정과 동양 사람들이 십여 인이나 우리 주위에 모여드오.

그 병정이 나를 바라보고 또 한 번 그 이름을 불러 보라는 모양 같기로, 나는 이번에는 R의 아라사 이름에 '제너럴'이라는 말을 붙여 불러 보았소.

그랬더니 어떤 다른 병정이 뛰어들며,

"게네라우 리가이!"

하고 안다는 표정을 하오.

'게네라우'라는 것이 아마 아라사말로 장군이라는 말인가 하였소.

"예스. 예스."

하고 나는 기쁘게 대답하였소.

그리고는 아라사 병정들끼리 무어라고 지껄이더니, 그중에 한 병정이 나서면서 고개를 끄덕끄덕하고, 제가 마차 하나를 불러서 나를 태우고 저도 타고 어디로 달려가오.

그 아라사 병정은 친절히 알지도 못하는 말로 이것저것을 가리키면서 설명을 하더니, 내가 못 알아듣는 줄을 생각하고 내 어깨를 툭 치고 웃소. 어린애와 같이 순한 사람들이구나 하고 나는 고맙다는 표로 고개만 끄덕끄덕하였소.

어디로 어떻게 가는지 서양 시가로 달려가다가 어떤 큰 저택 앞에 이르러서 마차를 그 현관 앞으로 들이몰았소.

현관에서는 종졸이 나왔소. 내가 명함을 들여보냈더니 부관인 듯한 아라사 장교가 나와서 나를 으리으리한 응접실로 인도하였소. 얼마 있노라니 중년이 넘은 어떤 대장이 나오는데 군복에 칼끈만 늘였소.

"이게 누구요."

하고 그 대장은 달려들어서 나를 껴안았소. 이십오 년 만에 만

나는 우리는 서로 알아본 것이오.

이윽고 나는 그의 부인과 자녀들도 만났소. 그들은 다 아라사 사람이오.

저녁이 끝난 뒤에 나는 R의 부인과 딸의 음악과 그림 구경과 기타의 관대를 받고 단둘이 이야기할 기회를 얻었소. 경술년 당시 이야기도 나오고, A 씨의 이야기도 나오고, R의 신세타령도 나오고, 내 이십오 년간의 생활 이야기도 나오고, 소비에트 혁명 이야기도 나오고, 하얼빈 이야기도 나오고, 우리네가 어려서 서로 사귀던 회구담도 나오고 이야기가 그칠 바를 몰랐소.

"조선은 그립지 않은가."

하는 나의 말에, 쾌활하던 R는 고개를 숙이고서 추연한 빛을 보였소.

나는 R의 추연한 태도를 아마 고국을 그리워하는 것으로만 여겼소. 그래서 나는 그리 침음하는 것을 보고,

"얼마나 고국이 그립겠나. 나는 고국을 떠난 지가 일 주일도 안 되건마는 못 견디게 그리운데."

하고 동정하는 말을 하였소.

그랬더니, 이 말 보시오. 그는 침음을 깨뜨리고 고개를 번쩍 들며,

"아니! 나는 고국이 조금도 그립지 아니하이. 내가 지금 생각

한 것은 자네 말을 듣고 고국이 그리운가 그리워할 것이 있는가를 생각해 본 것일세. 그랬더니 아무리 생각하여도 나는 고국이 그립다는 생각을 가질 수가 없어. 그야 어려서 자라날 때에 보던 강산이라든지, 내 기억에 남은 아는 사람들이라든지, 보고 싶다 하는 생각도 없지 아니하지마는 그것이 고국이 그리운 것이라고 할 수가 있을까. 그 밖에는 나는 아무리 생각하여도 고국이 그리운 것을 찾을 길이 없네. 나도 지금 자네를 보고 또 자네 말을 듣고 오래 잊어버렸던 고국을 좀 그립게, 그립다 하게 생각하려고 해 보았지마는, 도무지 나는 고국이 그립다는 생각이 나지 않네."

이 말에 나는 깜짝 놀랐소. 몸서리치게 무서웠소. 나는 해외에 오래 표랑하는 사람은 으레 고국을 그리워할 것으로 믿고 있었소. 그런데 이 사람이, 일찍은 고국을 사랑하여 목숨까지도 바치려던 이 사람이 도무지 이처럼 고국을 잊어버린다는 것은 놀라운 정도를 지나서 괘씸하기 그지없었소.

나도 비록 조선을 떠난다고, 영원히 버린다고 나서기는 했지마는 나로는 죽기 전에는 아니 비록 죽더라도 잊어버리지 못할 고국을 잊어버린 R의 심사가 난측하고 원망스러웠소.

"고국이 그립지가 않아?"

하고 R에게 묻는 내 어성에는 격분한 빛이 있었소.

"이상하게 생각하시겠지. 하지만 고국에 무슨 그리울 것이 있단 말인가. 빈대 끓는 오막살이가 그립단 말인가. 나무 한 개 없는 산이 그립단 말인가. 물보다도 모래가 많은 다 늙어 빠진 개천이 그립단 말인가. 그 무기력하고 가난한, 시기 많고 싸우고하는 그 백성을 그리워한단 말인가. 그렇지 아니하면 무슨 그리워할 음악이 있단 말인가, 미술이 있단 말인가, 문학이 있단 말인가, 사상이 있단 말인가, 사모할 만한 인물이 있단 말인가! 날더러 고국의 무엇을 그리워하란 말인가. 나는 조국이 없는 사람일세. 내가 소비에트 군인으로 있으니 소비에트가 내 조국이겠지. 그러나 진심으로 내 조국이라는 생각은 나지 아니하네."

하고 저녁 먹을 때에 약간 붉었던 R의 얼굴은 이상한 흥분으로 더욱 붉어지오.

R는 먹던 담배를 화나는 듯이 재떨이에 집어던지며,

"내가 하얼빈에 온 지가 인제 겨우 삼사 년밖에 안 되지마는 조선 사람 때문에 나는 견딜 수가 없어. 와서 달라는 것도 달라는 것이지마는 조선 사람이 또 어찌하였느니 또 어찌하였느니 하는 불명예한 말을 들을 때에는 나는 금시에 죽어 버리고 싶단 말일세. 내게 가장 불쾌한 것이 있다고 하면 그것은 고국이라는 기억과 조선 사람의 존잴세. 내가 만일 어느 나라의 독재자가 된다고 하면, 나는 첫째로 조선인 입국 금지를 단행하려네. 만일 조선이라는 것을 잊어버릴 약이 있다고 하면 나는 생명과 바꾸어서라도 사 먹고 싶어."

하고 R는 약간 흥분된 어조를 늦추어서,

"나도 모스크바에 있다가 처음 원동에 나왔을 적에는 길을 다녀도 혹시 동포가 눈에 뜨이지나 아니하나 하고 찾았네. 그래서 어디서든지 동포를 만나면 반가이 손을 잡았지. 했지만 점점 그들은 오직 귀찮은 존재에 지나지 못하다는 것을 알았단 말일세. 인제는 조선 사람이라고만 하면 만나기가 무섭고 끔찍끔찍하고 진저리가 나는 걸 어떡하나. 자네 명함이 들어온 때에도 조선 사람인가 하고 가슴이 뜨끔했네."

하고 R는 웃지도 아니하오.

그의 얼굴에는, 군인다운 기운찬 얼굴에는 증오와 분노의 빛이 넘쳤소.

"나도 자네 집에 환영받는 나그네는 아닐세그려."

하고, 나는 이 견디기 어려운 불쾌하고 무서운 공기를 완화하기 위하여 농담 삼아 한마디를 던지고 웃었소.

나는 R의 말이 과격함에 놀랐지마는, 또 생각하면 R가 한 말 가운데는 들을 만한 이유도 없지 아니하오. 그것을 생각할 때에 나는 R를 괘씸하게 생각하기 전에 내가 버린다는 조선을 위하여서 가슴이 아팠소.

그렇지만 이제 나 따위가 가슴을 아파한대야 무슨 소용이 있소. 조선에 남아 계신 형이나 R의 말을 참고삼아 쓰기 바라오.

어쨌으나 나는 R에게서 목적했던 여행권을 얻었소. R에게는 다만,

'나는 피곤한 몸을 좀 정양하고 싶다. 나는 내가 평소에 즐겨하는 바이칼 호반에서 눈과 얼음의 한겨울을 지내고 싶다.'는 것을 여행의 이유로 삼았소.

R는 나의 초췌한 모양을 짐작하고 내 평계를 그럴듯하게 아는 모양이었소. 그리고 나더러, '이왕 정양하려거든 카프카 지방으로 가거라. 거기는 기후 풍경도 좋고 또 요양원의 설비도 있다.'는 것을 말하였소.

나도 톨스토이의 소설에서, 기타의 여행기 등속에서 이 지방에 관한 말을 못 들은 것이 아니나 지금 내 처지에는 그런 따뜻하고 경치 좋은 지방을 가릴 여유도 없고 또 그러한 지방보다도 눈과 얼음과 바람의 시베리아의 겨울이 합당한 듯하였소.

그러나 나는 R의 호의를 굳이 사양할 필요도 없어서 그가 써주는 대로 소개장을 다 받아 넣었소. 그는 나를 처남 매부 간이라고 소개해 주었소.

나는 모스크바 가는 다음 급행을 기다리는 사흘 동안 R의 집의 손이 되어서 R 부처의 친절한 대우를 받았소.

그 후에는 나는 R와 조선에 관한 토론을 한 일은 없지마는 R
가 이름 지어 말을 할 때에는 조선을 잊었노라, 그리워할 것이
없노라, 하지마는 무의식적으로 말을 할 때에는 조선을 못 잊고
또 조선을 여러 점으로 그리워하는 양을 보았소. 나는 그것으로
써 만족하게 여겼소.

나는 금요일 오후 세 시, 모스크바 가는 급행으로 하얼빈을
떠났소. 역두에는 R와 R의 가족이 나와서 꽃과 과일과 여러 가
지 선물로 나를 전송하였소. R와 R의 가족은 나를 정말 형제의
예로 대우하여 차가 떠나려 할 때에 포옹과 키스로 작별하여 주
었소.

이날은 퍽 따뜻하고 일기가 좋은 날이었소. 하늘에는 구름 한
점, 땅에는 바람 한 점 없이 마치 늦은 봄날과 같이 따뜻한 날이
었소.

차는 떠났소. 판다는 둥 안 판다는 둥 말썽 많은 동중로 – 지
금은 북만 철로라고 불리는 곳이오. – 의 국제 열차에 몸을 의탁
한 것이오.

송화강의 철교를 건너오. 아아, 그리도 낯익은 송화강! 송화
강이 왜 낯이 익소. 이 송화강은 불함산(장백산)에 근원을 발하
여 광막한 북만주의 사람도 없는 벌판을 혼자 소리도 없이 흘러
가는 것이 내 신세와 같소. 이 북만주의 벌판을 만든 자가 송화

강이지마는 나는 그만한 힘이 없는 것이 부끄러울 뿐이오.

이 광막한 북만의 벌판을 내 손으로 개척하여서 조선 사람의 낙원을 만들자 하고 뽐내어 볼까. 그것은 형이 하시오. 내 어린 것이 자라거든 그놈에게나 그러한 생각을 넣어 주시오.

동양의 국제적 괴물인 하얼빈 시가도 까맣게 안개에서 스러져 버리고 말았소. 그러나 그 시가를 싼 까만 기운이 국제적 풍운을 포장한 것이라고 할까요.

가도 가도 벌판. 서리 맞은 마른 풀 바다. 실개천 하나도 없는 메마른 사막. 어디를 보아도 산 하나 없으니 하늘과 땅이 착 달라붙은 듯한 천지. 구름 한 점 없건만도 그 큰 태양 가지고도 미처 다 비추지 못하여 지평선 호를 그린 지평선 위에는 항상 황혼이 떠도는 듯한 세계.

이 속으로 내가 몸을 담은 열차는 서쪽으로 서쪽으로 해가 가는 걸음을 따라서 달리고 있소. 열차가 달리는 바퀴 소리도 반향할 곳이 없어 힘없는 한숨같이 스러지고 마오.

기쁨 가진 사람이 지루해서 못 견딜 이 풍경은 나같이 수심 가진 사람에게는 가장 공상의 말을 달리기에 합당한 곳이오.

이곳에도 산도 있고 냇물도 있고 삼림도 있고 꽃도 피고 날짐승, 길짐승이 날고 기던 때도 있었겠지요. 그러던 것이 몇 만 년 지나는 동안에 산은 낮아지고 골은 높아져서 마침내 이 꼴이 된 것인가 하오.

만일 큰 힘이 있어 이 광야를 파낸다 하면 물 흐르고 고기 놀던 강과, 울고 웃던 생물이 살던 자취가 있을 것이오. 아아 이 모든 기억을 꽉 품고 죽은 듯이 잠잠한 광야에!

내가 탄 차가 F 역에 도착하였을 때에는 북만주 광야의 석양의 아름다움은 그 극도에 달한 것 같았소. 둥긋한 지평선 위에 거의 걸린 커다란 해!

아마 그 신비하고 장엄함이 내 경험으로는 이곳에서밖에는 볼 수 없는 것이라고 생각하오. 이글이글 이글이글 그러면서도 둥글다는 체모를 변치 아니하는 그 지는 해!

게다가 먼 지평선으로부터 기어드는 황혼은 인제는 대지를 거의 다 덮어 버려서 마른풀로 된 지면은 가뭇가뭇한 빛을 띠고 사막의 가는 모래를 머금은 지는 해의 광선을 반사하여서 대기는 짙은 자줏빛을 바탕으로 한 가지각색의 명암을 가진, 오색이 영롱한, 도무지 내가 일찍 경험해 보지 못한 색채의 세계를 이루었소. 아 좋다!

그 속에 수은같이 빛나는, 수없는 작고 큰 호수들의 빛! 그 속으로 날아오는 수없고 이름 모를 새들의 떼도 이 세상의 것이라고는 생각하지 아니하오.

나는 거의 무의식적으로 차에서 뛰어내렸소. 거의 떠날 시간이 다 되어서 짐의 일부분은 미처 가지지도 못하고 뛰어내렸소. 반쯤 미친 것이오.

정거장 앞 조그마한 아라사 사람의 여관에다가 짐을 맡겨 버리고 나는 단장을 끌고 철도 선로를 뛰어 건너서 호수의 수은빛 나는 곳을 찾아서 지향 없이 걸었소.

한 호수를 가서 보면 또 저 편 호수가 더 아름다워 보이오. 원컨대 저 지는 해가 다 지기 전에 이 광야에 있는 호수를 다 돌아보고 싶소.

내가 호숫가에 섰을 때에 그 거울같이 잔잔한 호수 면에 비치는 내 그림자의 외로움이여, 그러나 아름다움이여!

그 호수는 영원한 우주의 신비를 품고 하늘이 오면 하늘을, 새가 오면 새를, 구름이 오면 구름을, 그리고 내가 오면 나를 비추지 아니하오.

나는 호수가 되고 싶소. 그러나 형! 나는 이 호수 면에서 얼마나 정임의 얼굴을 찾았겠소. 그것은 물리학적으로 불가능한 일이겠지요. 동경의 병실에 누워 있는 정임의 모양이 몽고 사막의 호수 면에 비칠 리야 있겠소. 없겠지마는 나는 호수마다 정임의 그림자를 찾았소.

그러나 보이는 것은 외로운 내 그림자뿐이오.

'가자. 끝없는 사막으로 한없이 가자. 가다가 내 기운이 진하는 자리에 나는 내 손으로 모래를 파고 그 속에 내 몸을 묻고 죽어 버리자. 살아서 다시 볼 수 없는 정임의 '이데아'를 안고 이 깨끗한 광야에서 죽어 버리자.'

하고 나는 지는 해를 향하고 한정 없이 걸었소.

사막이 받았던 따뜻한 기운은 아직도 다 식지는 아니하였소. 사막에는 바람 한 점도 없소. 소리 하나도 없소. 발자국 밑에서 우는 마른 풀과 모래의 바스락거리는 소리가 들릴 뿐이오.

나는 허리를 지평선에 걸었소. 그 신비한 광선은 내 가슴으로부터 위에만을 비추고 있소.

문득 나는 해를 따라가는 별 두 개를 보았소. 하나는 앞을 서고 하나는 뒤를 섰소. 앞의 별은 좀 크고 뒤의 별은 좀 작소.

이런 별들은 산 많은 나라, 다시 말하면 서쪽 지평선을 보기 어려운 나라에서만 생장한 나로서는 보지 못하던 별이오. 나는 그 별의 이름을 모르오. '두 별'이오.

해가 지평선에서 뚝 떨어지자 대기의 자줏빛은 남빛으로 변하였소. 오직 해가 금시 들어간 자리에만 주홍빛의 여광이 있을 뿐이오. 내 눈앞에서는 남빛 안개가 피어오르는 듯하였소. 앞에 보이는 호수만이 유난히 빛나오.

또 한 떼의 이름 모를 새들이 수면을 스치며 날 저문 것을 놀라는 듯이 어지러이 날아 지나가오. 그들은 소리도 아니하오.

날개 치는 소리도 아니 들리오. 그것들은 사막의 황혼의 허깨비인 것 같소.

나는 자꾸 걷소. 해를 따르던 나는 두 별을 따라서 자꾸 걷소.

별들은 진 해를 따라서 바삐 걷는 것도 같고, 헤매는 나를 어떤 나라로 끄는 것도 같소.

아니 두 별 중에 앞선 별이 한 번 반짝하고는 최후로 한 번 반짝하고는 지평선 밑에 숨어 버리고 마오. 뒤에 남은 외별의 외로움이여!

나는 울고 싶었소. 그러나 나는 하나만 남은 작은 별 외로운 작은 별을 따라서 더 빨리 걸음을 걸었소. 그 한 별마저 넘어가 버리면 나는 어찌하오.

내가 웬일이오. 나는 시인도 아니요, 예술가도 아니오. 나는 정으로 행동한 일은 없다고 믿는 사람이오.

그러나 형! 이때에 미친 것이 아니요, 내 가슴에는 무엇인지 모를 것을 따를 요샛말로 이른바 동경으로 찼소.

'아아, 저 작은 별!'

그것도 지평선에 닿았소.

'아아 저 작은 별. 저것마저 넘어가면 나는 어찌하나.' 빛이 아니라 남빛을 발하고 있을 뿐이오.

인제는 어둡소. 광야의 황혼은 명색뿐이요, 순식간이요, 해지자 신비하다고 할 만한 극히 짧은 동안에 아름다운 황혼을 조금 보이고는 곧 칠과 같은 암흑이오. 호수의 물만이 어디서 은빛을 받았는지 뿌옇게 나만이 유일한 존재다, 나만이 유일한 빛이다 하는 듯이.

나는 그중 빛을 많이 받은, 그중 환해 보이는 호수 면을 찾아 두리번거리며, 그러나 빠른 걸음으로 헤매었소. 그러나 내가 좀 더 맑은 호수 면을 찾는 동안에 이 광야의 어둠은 더욱더욱 짙어지오.

나는 어떤 조그마한 호숫가에 펄썩 앉았소. 내 앞에는 짙은 남빛의 수면에 조그마한 거울만 한 밝은 데가 있소. 마치 내 눈에서 무슨 빛이 나와서, 아마 정임을 그리워하는 빛이 나와서 그 수면에 반사하는 듯이.

나는 허겁지겁 그 빤한 수면을 들여다보았소. 혹시나 정임의 모양이 거기 나타나지나 아니할까 하고. 세상에는 그러한 기적도 있지 아니한가 하고.

물에는 정임의 얼굴이 어른거리는 것 같았소. 이따금 정임의 눈도 어른거리고 코도 번뜻거리고 입도 번뜻거리는 것 같소. 그러나 수면은 점점 어두워 가서 그 환영조차 더욱 희미해지오.

나는 호수 면에 빤하던 한 조각조차 캄캄해지는 것을 보고 숨이 막힐 듯함을 깨달으면서 고개를 들었소.

고개를 들려고 할 때에, 형이여, 이상한 일도 다 있소. 그 수면에 정임의 모양이, 얼굴만 아니라 그 몸 온통이, 그 어깨, 가슴, 팔, 다리까지도, 그 눈과 입까지도, 그 얼굴의 흰 것과 입술이 불그레한 것까지도, 마치 환한 대낮에 실물을 대한 모양으로 소상하게 나타났소.

"정임이!"

하고 나는 소리를 지르며 물로 뛰어들려 하였소.

그러나 형, 그 순간에 정임의 모양은 사라져 버리고 말았소.

나는 이 어둠 속에 어디 정임이 나를 따라온 것같이 생각했소. 혹시나 정임이 죽어서 그 몸은 동경의 대학 병원에 벗어 내던지고 혼이 빠져 나와서 물에 비치었던 것이 아닐까, 나는 가슴이 울렁거림을 진정치 못하면서 호숫가에서 벌떡 일어나서 어둠 속에 정임을 만져 보려는 듯이, 어두워서 눈에 보지는 못하더라도 자꾸 헤매노라면 몸에 부딪히기라도 할 것 같아서 함부로 헤매었소.

그리고는 눈앞에 번뜻거리는 정임의 환영을 팔을 벌려서 안고 소리를 내어서 불렀소.

"정임이, 정임이."

하고 나는 수없이 정임을 부르면서 헤매었소.

그러나 형, 이것도 죄지요. 이것도 하느님께서 금하시는 일이지요. 그러길래 광야에 아주 어둠이 덮이고 새까만 하늘에 별이 총총하게 나고는 영 정임의 헛그림자조차 아니 보이지요. 나는 죄를 피해서 정임을 떠나서 멀리 온 것이니 정임의 헛그림자를 따라다니는 것도 옳지 않지요.

그렇지만 내가 이렇게 혼자서 정임을 생각만 하는 것이야 무슨 죄 될 것이 있을까요. 내가 정임을 만 리나 떠나서 이렇게 헛그림자나 그리며 그리워하는 것이야 무슨 죄가 될까요. 설사 죄가 되기로서니 낸들 이것까지야 어찌하오.

내가 내 혼을 죽여 버리기 전에야 내 힘으로 어찌하오. 설사 죄가 되어서 내가 지옥의 꺼지지 않는 유황불 속에서 영원한 형벌을 받게 되기로서니 그것을 어찌하오.

형, 이것, 이것도 말아야 옳은가요. 정임의 헛그림자까지도 끊어 버려야 옳은가요.

이때요. 바로 이때요. 내 앞 수십 보나 될까 - 캄캄한 밤이라 먼지 가까운지 분명히 알 수 없지마는 - 하는 곳에 난데없는 등불 하나가 나서오.

나는 깜짝 놀라서 우뚝 섰소. 이 무인지경, 이 밤중에 갑자기 보이는 등불 그것은 마치 이 세상 같지 아니하였소.

저 등불이 어떤 등불일까, 그 등불이 몇 걸음 가까이 오니, 그 등불 뒤에 사람의 다리가 보이오.

"누구요?"

하는 것은 귀에 익은 조선말이오.

어떻게 이 몽고의 광야에서 조선말을 들을까 하고 나는 등불을 처음 볼 때보다 더욱 놀랐소.

"나는 지나가던 사람이오."

하고 나도 등불을 향하여 마주 걸어갔소.

그 사람은 등불을 들어서 내 얼굴을 비추어 보더니,

"당신 조선 사람이오?"

하고 묻소.

"네, 나는 조선 사람이오. 당신도 음성을 들으니 조선 사람인데, 어떻게 이런 광야에, 아닌 밤중에, 여기 계시단 말이오."

하고 나는 놀라는 표정 그대로 대답하였소.

"나는 이 근방에 사는 사람이니까 여기 오는 것도 있을 일이지마는, 당신이야말로 이 아닌 밤중에."

하고 육혈포를 집어넣고, 손을 내밀어서 내게 악수를 구하오.

나는 반갑게 그의 손을 잡았소. 그러나 나는 '죽을 지경에 어떻게 오셨단 말이오.' 하고, 그가 내가 무슨 악의를 가진 흉한이 아닌 줄을 알고 손에 빼들었던 육혈포로 시기를 잠깐이라도 노린 것을 불쾌하게 생각하였던 것이오.

그도 내 이름도 묻지 아니하고 또 나도 그의 이름을 묻지 아니하고 나는 그에게 끌려서 그가 인도하는 곳으로 갔소.

그곳이란 것은 아까 등불이 처음 나타나던 곳인 듯한데, 거기서 또 한 번 놀란 것은 어떤 부인이 있는 것이오. 남자는 아라사 식 양복을 입었으나 부인은 중국 옷 비슷한 옷을 입었소. 남자는 나를 끌어서 그 부인에게 인사하게 하고,

"이는 내 아내요."

하고 또 그 아내라는 부인에게는,

"이이는 조선 양반이오. 성함이 뉘시죠?"

하고, 그는 나를 바라보오. 나는,

"최석입니다."

하고 바로 대답하였소.

"최석 씨?"

하고 남자는 소개하던 것도 잊어버리고 내 얼굴을 들여다보오.

"네, 최석입니다."

"아, ○○학교 교장으로 계신 최석 씨."

하고 그 남자는 더욱 놀라오.

"네, 어떻게 내 이름을 아세요?"

하고 나도 그가 혹시 아는 사람이나 아닌가 하고 등불 빛에 얼굴을 들여다보았으나 도무지 그 얼굴이 본 기억이 없소.

"최 선생을 내가 압니다. 남 선생한테 말씀을 많이 들었지요.

그런데 남 선생도 돌아가신 지가 벌써 몇 핸가."

하고 감개무량한 듯이 그 아내를 돌아보오.

"십오 년이지요."

하고 곁에 섰던 부인이 말하오.

"벌써 십오 년인가."

하고 그 남자는 나를 보고,

"정임이 잘 자랍니까? 벌써 이십이 넘었지."

하고 또 부인을 돌아보오.

"스물세 살이지."

하고 부인이 확실치 아니한 듯이 대답하오.

"네, 스물세 살입니다. 지금 동경에 있습니다. 병이 나서 입원
한 것을 보고 왔는데."

하고 나는 번개같이 정임의 병실과 정임의 여관 장면 등을 생각
하고 가슴이 설렘을 깨달았소. 의외인 곳에서 의외인 사람들을
만나서 정임의 말을 하게 된 것을 기뻐하였소.

"무슨 병입니까? 정임이 본래 몸이 약해서."

하고 부인이 직접 내게 묻소.

"네. 몸이 좀 약합니다. 병이 좀 나은 것을 보고 떠났습니다마
는 염려가 됩니다."

하고 나는 무의식중에 고개를 동경이 있는 방향으로 돌렸소. 마

치 고개를 동으로 돌리면 정임이 보이기나 할 것같이.

"자, 우리 집으로 갑시다."

하고 나는 아직 그의 성명도 모르는 남자는, 그의 아내를 재촉하더니,

"우리가 조선 동포를 만난 것이 십여 년 만이오. 그런데 최 선생, 이것을 좀 보시고 가시지요."

하고 그는 빙그레 웃으면서 나를 서너 걸음 끌고 가오.

거기는 조그마한 무덤이 있고, 그 앞에는 석 자 높이나 되는 목패를 세웠는데 그 목패에는 '두 별 무덤'이라는 넉 자를 썼소.

내가 이상한 눈으로 그 무덤과 목패를 보고 있는 것을 보고 그는,

"이게 무슨 무덤인지 아십니까?"

하고 유쾌하게 묻소.

"두 별 무덤이라니 무슨 뜻인가요?"

하고 나도 그의 유쾌한 표정에 전염이 되어서 웃고 물었소.

"이것은 우리 둘의 무덤이외다."

하고 그는 아내의 어깨를 치며 유쾌하게 웃었소.

부인은 부끄러운 듯이 웃고 고개를 숙이오.

도무지 모두 꿈같고, 환영 같소.

"자, 갑시다. 자세한 말은 우리 집에 가서 합시다."

하고 서너 걸음 어떤 방향으로 걸어가니 거기는 말을 세 필이나 맨 마차가 있소.

몽고 사람들이 가족을 싣고 수초를 따라 돌아다니는 그러한 마차요. 삿자리로 홍예형의 지붕을 만들고 그 속에 들어가 앉게 되었소. 그의 부인과 나와는 이 지붕 속에 들어앉고 그는 손수 어자대에 앉아서 입으로 '쮸쮸쮸쮸' 하고 말을 모오. 등불도 꺼 버리고 캄캄한 속으로 달리오.

"불이 있으면 군대에서 의심을 하지요. 도적놈이 엿보지요. 게다가 불이 있으면 도리어 앞이 안 보인단 말요. 쯧쯧쯧쯧!" 하는 소리가 들리오.

대체 이 사람은 무슨 사람인가. 또 이 부인은 무슨 사람인가 하고 나는 어두운 속에서 혼자 생각하였소.

다만 잠시 본 인상으로 보아서 그들은 행복된 부부인 것 같았소. 그들이 무엇하러 이 아닌 밤중에 광야에 나왔던가. 또 그 이상야릇한 두 별 무덤이란 무엇인가.

나는 불현듯 집을 생각하였소. 내 아내와 어린것들을 생각하였소. 가정과 사회에서 쫓겨난 내가 아니오. 쫓겨난 자의 생각은 언제나 슬픔뿐이었소.

나는 내 아내를 원망치 아니하오. 그는 결코 악한 여자가 아니오. 다만 보통 여자요. 그는 질투 때문에 이성의 힘을 잃은 것이오. 여자가 질투 때문에 이성을 잃는 것이 천직이 아닐까요. 그가 나를 사랑하길래 나를 위해서 질투를 가지는 것이 아니오.

설사 질투가 그로 하여금 칼을 들어 내 가슴을 찌르게 하였다 하더라도 나는 감사한 생각을 가지고 눈을 감을 것이오. 사랑하는 자는 질투한다고 하오. 질투를 누르는 것도 아름다운 일이지마는 질투에 타는 것도 아름다운 일이 아닐까요.

덜크럭덜크럭 하고 차바퀴가 철로 길을 넘어가는 소리가 나더니 이윽고 마차는 섰소.

"자, 이게 우리 집이오."

"앞에 빨갛게 불이 비치오."

하고 그가 마차에서 뛰어내리는 양이 보이오.

내려 보니까 달이 올라오오. 굉장히 큰 달이, 붉은 달이 지평선으로서 넙썩 하고 올라오오.

달빛에 비추인 바를 보면 네모나게 담이 있는데, 담이라기보다는 성을 둘러쌓은 것 같았소. 달 뜨는 곳으로 열린 대문을 들어서서 넓은 마당에 내린 것을 발견하였소.

"아버지!"

"엄마!"

하고 아이들이 뛰어나오오. 말만큼이나 큰 개가 네 놈이나 꼬리를 치고 나오오. 그놈들이 주인집 마차 소리를 알아듣고 짖지 아니한 모양이오.

큰 아이는 계집애로 여남은 살, 작은 아이는 사내로 육칠 세, 모두 중국옷을 입었소.

우리는 방으로 들어갔소. 방은 아라사식 절반, 중국식 절반으로 세간이 놓여 있고 벽에는 조선 지도와 단군의 초상이 걸려 있소.

그들 부처는 지도와 단군 초상 앞에 허리를 굽혀 배례하오. 나도 무의식적으로 그대로 하였소.

그는 차를 마시며 이렇게 말하오.

"우리는 자식들을 이 흥안령 가까운 무변광야에서 기르는 것으로 낙을 삼고 있지요. 조선 사람들은 하도 마음이 작아서 걱정이니 이런 호호탕탕한 넓은 벌판에서 길러 나면 마음이 좀 커질까 하지요. 또 흥안령 밑에서 지나 중원을 통일한 제왕이 많이 났으니 혹시나 그 정기가 남아 있을까 하지요. 우리 부처의 자손이 몇 대를 두고 퍼지는 동안에는 행여나 마음 큰 인물이 하나 둘 날는지 알겠어요, 하하하하."

하고 그는 제 말을 제가 비웃는 듯이 한바탕 웃고 나서,

"그러나 이건 내 진정이외다. 우리도 이렇게 고국을 떠나 있지마는 그래도 고국 소식이 궁금해서 신문 하나는 늘 보지요. 하지만 어디 시원한 소식이 있어요. 그저 조리복소니가 되어 가

는 것이 아니면 조그마한 생각을 가지고, 눈곱만 한 야심을 가지고, 서 푼어치 안 되는 이상을 가지고 찧고 까불고 싸우고 하는 것밖에 안 보이니 이거 어디 살 수가 있나. 그래서 나는 마음 큰 자손을 낳아서 길러 볼까 하고, 이를테면 새 민족을 하나 만들어 볼까 하고, 둘째 단군, 둘째 아브라함이나 하나 낳아 볼까 하고 하하하하앗하.”

하고 유쾌하게, 그러나 비통하게 웃소.

나는 저녁을 굶어서 배가 고프고, 밤길을 걸어서 몸이 곤한 것도 잊고 그의 말을 들었소.

부인이 김이 무럭무럭 나는 호떡을 큰 뚝배기에 담고 김치를 작은 뚝배기에 담고, 또 돼지고기 삶은 것을 한 접시 담아다가 탁자 위에 놓소.

건넌방이라고 할 만한 방에서 젖먹이 우는 소리가 들리오.

부인은 삼십이나 되었을까, 남편은 서른댓 되었을 듯한 키가 훨씬 크고 눈과 코가 크고 손도 큰 건장한 대장부요, 음성이 부드러운 것이 체격에 어울리지 아니하나 그것이 아마 그의 정신 생활이 높은 표겠지요.

“신문에서 최 선생이 학교를 고만두시게 되었다는 말도 보았지요. 그러나 나는 그것이 다 최 선생에게 대한 중상인 줄을 짐작하였고, 또 오늘 이렇게 만나 보니까 더구나 그것이 다 중상인 줄을 알지요."

하고 그는 확신 있는 어조로 말하오.

"고맙습니다."

나는 이렇게밖에 대답할 말이 없었소.

"아, 머, 고맙다고 하실 것도 없지요."

하고 그는 머리를 뒤로 젖히고 한참이나 생각을 하더니 우선 껄껄 한바탕 웃고 나서,

"내가 최 선생이 당하신 경우와 꼭 같은 경우를 당하였거든요. 이를테면 과부 설움은 동무 과부가 안다는 것이지요."

하고 그는 자기의 내력을 말하기 시작하오.

"내 집은 본래 서울입니다. 내가 어렸을 적에 내 선친께서 시국에 대해서 불평을 품고 당신 삼 형제의 가족을 끌고 재산을 모두 팔아 가지고 간도에를 건너오셨지요. 간도에 맨 먼저 ○○ 학교를 세운 이가 내 선친이지요."

여기까지 하는 말을 듣고 나는 그가 누구인지를 알았소. 그는 R 씨라고 간도 개척자요, 간도에 조선인 문화를 세운 이로 유명한 이의 아들인 것이 분명하오. 나는 그의 이름이 누구인지도 물어볼 것 없이 알았소.

"아, 그러십니까. 네, 그러세요."

하고 나는 감탄하였소.

"네, 내 선친을 혹 아실는지요. 선친의 말씀이 노 그러신단 말씀야요. 조선 사람은 속이 좁아서 못쓴다고 《정감록》에도 그런 말이 있다고. 조선은 산이 많고 들이 좁아서 사람의 마음이 작아서 큰일 하기가 어렵고, 큰사람이 나기가 어렵다고. 웬만치 큰사람이 나면 서로 시기해서 큰일 할 새가 없이 한다고 그렇게 《정감록》에도 있다더군요. 그래서 선친께서 자손에게나 희망을 붙이고 간도로 오신 모양이지요. 거기서 자라났다는 것이 내 꼴입니다마는, 아하하.

내가 자라서 아버지께서 세우신 K 여학교의 교사로 있을 때 일입니다. 지금 내 아내는 그때 학생으로 있었구. 그러자 내 아버지께서 재산이 다 없어져서 학교를 독담하실 수가 없고, 또 얼마 아니해서 아버지께서 돌아가시고 보니 학교에는 세력 다툼이 생겨서 아버지의 후계자로 추정되는 나를 배척하게 되었단 말씀이오. 거기서 나를 배척하는 자료를 삼은 것이 나와 지금 내 아내가 된 학생의 관계란 것인데, 이것은 전연 무근지설인 것은 말할 것도 없소.

나도 총각이요, 그는 처녀니까 혼인을 하자면 못할 것도 없지마는 그것이 사제 관계라면 중대 문제거든. 그래서 나는 단연히 사직을 하고 내가 사직한 것은 제 죄를 승인한 것이라 하여서 그 학생 지금 내 아내도 출교 처분을 당한 것이오. 그러고 보니,

그 여자의 아버지 내 장인이지요. 그 여자의 아버지는 나를 죽일 놈같이 원망을 하고 그 딸을 죽일 년이라고 감금을 하고 어쨌으나 조그마한 간도 사회에서 큰 파문을 일으켰단 말이오.

이 문제를 더 크게 만든 것은 지금 내 아내인, 그 딸의 자백이오. 무어라고 했는고 하니, '나는 그 사람을 사랑하오, 그 사람한테가 아니면 시집을 안 가오.' 하고 뻗댔단 말요.

나는 이 여자가 이렇게 나를 생각하는가 할 때 의분심이 나서, 나는 어떻게 해서든지 이 여자와 혼인하리라고 결심을 하였소. 나는 마침내 정식으로 K 장로라는 내 장인에게 청혼을 하였으나 단박에 거절을 당하고 말았지요.

K 장로는 그 딸을 간도에 두는 것이 옳지 않다고 해서 서울로 보내기로 하였단 말을 들었소. 그래서 나는 최후의 결심으로 그 여자, 지금 내 아내 된 사람을 데리고 간도에서 도망하였소. 하하하하. 밤중에 단둘이서.

지금 같으면야 사제 간에 결혼을 하기로 그리 큰 문제가 될 것이 없지마는 그때에 어디 그랬나요. 사제 간에 혼인이란 것은 부녀간에 혼인한다는 것과 같이 생각하였지요. 더구나 그때 간도 사회에는 청교도적 사상과 열렬한 애국심이 있어서 도덕 표준이 여간 높지 아니하였지요. 그런 시대니까, 내가 내 제자인 여학생을 데리고 달아난다는 것은 살인강도를 하는 이상으로 무서운 일이었지요. 지금도 나는 그렇게 생각합니다마는.

그래서 우리 두 사람은, 우리 두 사람이라는 것보다도 내 생각에는 어찌하였으나 나를 위해서 제 목숨을 버리려는 그에게 사실 나도 마음속으로는 그를 사랑하였지요. 다만 사제 간이니까 영원히 달할 수는 없는 사랑이라고 단념하였을 뿐이지요. 그러니까 비록 부처 생활은 못 하더라도 내가 그의 사랑을 안다는 것과 나도 그를 이만큼 사랑한다는 것을 보여 주자는 것이지요.

때는 마침 가을이지마는, 몸에 지닌 돈도 얼마 없고 천신만고로 길림까지를 나와 가지고는 배를 타고 송화강을 내려서 하얼빈에 가 가지고, 거기서 간신히 치타까지의 여비와 여행권을 얻어 가지고 차를 타고 떠났지요. 그것이 바로 십여 년 전 오늘이란 말이오.”

이때에 부인이 옥수수로 만든 국수와 감자 삶은 것을 가지고 들어오오.

나는 R의 말을 듣던 끝이라 유심히 부인을 바라보았소. 그는 중키나 되는 둥근 얼굴이 혈색이 좋고 통통하여 미인이라기보다는 씩씩한 여자요. 그런 중에 조선 여자만이 가지는 아담하고 점잖은 맛이 있소.

“앉으시지요. 지금 두 분께서 처음 사랑하시던 말씀을 듣고 있습니다.”

하고 나는 부인에게 교의를 권하였소.

"아이, 그런 말씀은 왜 하시오."

하고 부인은 갑자기 십 년이나 어려지는 모양으로 수삽한 빛을 보이고 고개를 숙이고 달아나오.

"그래서요. 그래 오늘이 기념일이외다그려."

하고 나도 웃었소.

"그렇지요. 우리는 해마다 오늘이 오면 우리 무덤에 성묘를 가서 하룻밤을 새우지요. 오늘은 손님이 오셔서 중간에 돌아왔지만, 하하하하."

하고 그는 유쾌하게 웃소.

"성묘라니?"

하고 나는 물었소.

"아까 보신 두 별 무덤 말이오. 그것이 우리 내외의 무덤이지요. 하하하하."

"……."

나는 영문을 모르고 가만히 앉았소.

"내 이야기를 들으시지요. 그래 둘이서 차를 타고 오지 않았겠어요. 물론 여전히 선생님과 제자지요. 그렇지만 워낙 여러 날 단둘이서 같이 고생을 하고 여행을 했으니 사랑의 불길이 탈 것이야 물론 아니겠어요. 다만 사제라는 굳은 의리가 그것을 겉

에 나오지 못하도록 누른 것이지요.

……그런데 꼭 오늘같이 좋은 날인데 여기는 대개 일기가 일정합니다. 좀처럼 비가 오는 일도 없고 흐리는 날도 없지요. 헌데 F 역에를 오니까 참 석양 경치가 좋단 말이오. 그때에 불현듯, 에라 여기서 내려서 이 석양 속에 저 호숫가에 둘이서 헤매다가 깨끗이 사제의 몸으로 이 깨끗한 광야에 묻혀 버리자 하는 생각이 나겠지요. 그래 그때 아내 – 내 아내, 그때에는 아직 아내가 아니지요. – 에게 그런 말을 하였더니 참 좋다고 박장을 하고 내 어깨에 매달리는구려. 그래서 우리 둘은 차가 거의 떠날 임박해서 차에서 뛰어내렸지요."

하고 그는 그때 광경을 눈앞에 그리는 모양으로 말을 끊고 우두커니 허공을 바라보오.

그러나 그의 입 언저리에는 유쾌한 회고에서 나오는 웃음이 었소.

"이야기 다 끝났어요?"

하고 부인이 크바스라는 청량음료를 들고 들어오오.

"아니오. 이제부터가 정통이니 당신도 거기에 앉으시오. 지금 차에서 내린 데까지 왔는데 당신도 앉아서 한 파트 맡으시오."

하고 R는 부인의 손을 잡아서 자리에 앉히오. 부인도 웃으면서 앉소.

"최 선생 처지가 나와 꼭 같단 말이요. 정임의 처지가 당신과 같고."

하고 그는 말을 계속하오.

"그래 차에서 내려서 나는 이 양반하고 물을 찾아 헤매었지요. 아따, 석양이 어떻게 좋은지 이 양반은 박장을 하고 노래를 부르고, 우리 둘은 마치 유쾌하게 산보하는 사람 같았지요."

"참 좋았어요. 그때에는 참 좋았어요. 그 석양에 비친 광야와 호수라는 건 어떻게 좋은지 그 수은 같은 물속에 텀벙 뛰어들고 싶었어요. 그 후엔 해마다 보아도 그만 못해."

하고 부인이 참견을 하오.

아이들은 다 자는 모양이오.

"그래 지향 없이 헤매는데 해는 뉘엿뉘엿 넘어가구, 어스름은 기어들고. 그때 마침 하늘에는 별 둘이 나타났단 말이야. 그것을 이 여학생이 먼저 보고서 갑자기 추연해지면서, '선생님 저 별 보셔요, 앞선 큰 별은 선생님이구 따라가는 작은 별은 저야요.' 하겠지요. 그 말이, 또 그 태도가 어떻게 가련한지. 그래서 나는 하늘을 바라보니깐 과연 별 두 개가 지는 해를 따르는 듯이 따라간다 말요. 말을 듣고 보니 과연 우리 신세와도 같지 않아요?

그리고는 이 사람이 또 이럽니다그려. '선생님, 앞선 큰 별은 아무리 따라도 저 작은 별은 영원히 따라잡지 못하겠지요. 영원히 영원히 따라가다가 따라가다가 못해서 마침내는 저 작은 별은 죽어서 검은 재가 되고 말겠지요? 저 작은 별이 제 신세와 어쩌면 그리 같을까.' 하고 한탄을 하겠지요.

그때에 한탄을 하고 눈물을 흘리고 섰는 어린 처녀가 석양빛에 비친 모양을 상상해 보세요, 하하하하. 그때에는 당신도 미인이었소. 하하하하."

하고 내외가 유쾌하게 웃는 것을 보니 나는 더욱 적막하여짐을 깨달았소.

어쩌면 그 석양, 그 두 별이 이들에게와 내게 꼭 같은 인상을 주었을까 하니 참으로 이상하다 하였소.

"그래 인제."

하고 R는 다시 이야기를 계속하오.

"그래 인제 둘이서 그야말로 감개무량하게 두 별을 바라보며 걸었지요. 그러다가 해가 넘어가고 앞선 큰 별이 넘어가고 그리고는 혼자서 깜빡깜빡하고 가던 작은 별이 넘어가니 우리는 그만 땅에 주저앉았소.

거기가 어딘고 하니 그 두 별 무덤이 있는 곳이지요. '선생님 저를 여기다가 파묻어 주시고 가셔요. 선생님 손수 저를 여기다가 묻어 놓고 가 주셔요.' 하고 이 사람이 조르지요."

하는 것을 부인은,

"내가 언제."

하고 남편을 흘겨보오.

"그럼 무에라고 했소? 어디 본인이 한 번 옮겨 보오."

하고 R가 말을 끊소.

"간도를 떠난 지가 한 달이 되도록 단둘이 다녀도 요만큼도 귀해 주는 점이 안 뵈니, 그럼 파묻어 달라고 안 해요?"

하고 부인은 웃소.

"흥흥."

하고 R는 부인의 말에 웃고 나서,

"그 자리에 묻어 달란 말을 들으니까 어떻게 측은한지, 그럼 나도 함께 묻히자고 그랬지요. 나는 그때에 참말 그 자리에 함께 묻히고 싶었어요. 그래서 나는 손으로 곧 구덩이를 팠지요. 떡가루 같은 모래판이니까 파기는 힘이 아니 들겠지요. 이이도 물끄러미 내가 땅을 파는 것을 보고 섰더니만 자기도 파기를 시작하겠지요."

하고 내외가 다 웃소.

"그래 순식간에……."

하고 R는 이야기를 계속하오.

"순식간에 둘이 드러누울 만한 구덩이를 아마 두 자 깊이나 되게, 네모나게 파 놓고는 내가 들어가 누워 보고, 그러고는 또 파고 하여 아주 편안한 구덩이를 파고 나서는 나는 아주 세상을 하직할 셈으로 사방을 둘러보았어요. 사방이라야 컴컴한 어둠 밖에 없지만 사방을 둘러보고, 이를테면 세상과 작별을 하고 드러누웠지요.

지금 이렇게 회고담을 할 때에는 우습기도 하지마는 그때에는 참으로 종교적이라 할 만한 엄숙이었소. 그때 우리 둘의 처지는 앞도 절벽, 뒤도 절벽이어서 죽는 길밖에 없었지요. 또 그뿐 아니라 인생의 가장 깨끗하고 가장 사랑의 맑은 정이 타고 가장 기쁘고도 슬프고도 이를테면 모든 감정이 절정에 달하고, 그러한 순간에 목숨을 끊어 버리는 것이 가장 좋은 일이요, 가장 마땅한 일같이 생각하였지요.

광야에 아름다운 황혼이 순간에 스러지는 모양으로 우리 두 생명의 아름다움도 순간에 스러지자는, 우리는 철학자도 시인도 아니지마는 우리들의 환경이 우리 둘에게 그러한 생각을 넣어 준 것이지요.

그래서 내가 가만히 드러누워 있는 것을 저이가 물끄러미 보고 있더니 자기도 내 곁에 들어와 눕겠지요. 그런 뒤에는 황혼에 남은 빛도 스러지고 아주 캄캄한 암흑세계가 되어 버렸지요.

하늘에 어떻게 그렇게 별이 많은지. 가만히 하늘을 바라보노라면 참 별이 많아요. 우주란 참 커요. 그런데 이 끝없이 큰 우주에 한없이 많은 별이 다 제자리를 지키고 제 길을 지켜서 서로 부딪지도 아니하고 끝없이 긴 시간에 질서를 유지하고 있는 것을 보면 우주에는 어떤 주재하는 뜻, 섭리하는 뜻이 있다 하는 생각이 나겠지요.

나도 예수교인의 가정에서 자라났지마는 이때처럼 하느님이라 할까, 이름은 무엇이라고 하든지 간에 우주의 섭리자의 존재를 강렬하게 의식한 일은 없었지요.

그렇지만 '사람의 마음에 비기면 저까짓 별들이 다 무엇이오?' 하고 그때 겨우 열여덟 살밖에 안 된 이이가 내 귀에 입을 대고 말할 때에는 나도 참으로 놀랐습니다. 나이는 나보다 오륙 년 상관밖에 안 되지마는 이십 세 내외에 오륙 년 상관이 적은 것인가요? 게다가 나는 선생이요 자기는 학생이니까 어린애로만 알았던 것이 그런 말을 하니 놀랍지 않아요?

어째서 사람의 마음이 하늘보다도 더 이상할까 하고 내가 물으니까, 그 대답이 '나는 무엇이라고 설명할 수가 없지마는 내 마음속에 일어나는 것이 하늘이나 땅에 일어나는 모든 것보다도 더 아름답고 더 알 수 없고 더 뜨겁고 그런 것 같아요.' 그러겠지요. 생명이란 모든 아름다운 것 중에 가장 아름다운 것이라는 것을 나는 깨달았어요.

그 말에, '그렇다 하면 이 아름답고 신비한 생명을 내는 우주는 더 아름다운 것이 아니오?' 하고 내가 반문하니까, 당신 (부인을 향하여) 말이, '전 모르겠어요, 어쨌으나 전 행복합니다. 저는 깨뜨리고 싶지 않습니다. 놓쳐 버리고 싶지 않습니다. 선생님 곁에 있는 이 행복을 꽉 안고 죽고 싶어요.' 그러지 않았소?"

"누가 그랬어요? 아이 난 다 잊어버렸어요."

하고 부인은 차를 따르오.

R는 인제는 하하하 하고 웃는 것조차 잊어버리고, 부인에게 농담을 붙이는 것조차 잊어버리고, 그야말로 종교적 엄숙 그대로 말을 이어,

"'자, 저는 약을 먹어요.' 하고 손을 입으로 가져가는 동작이 감행되겠지요. 약이란 것은 하얼빈에서 준비한 아편이지요. 하얼빈서 치타까지 가는 동안에 흥안령이나 어느 삼림 지대나 어디서나 죽을 자리를 찾자고 준비한 것이니까.

나는 입 근처로 가는 그의 손을 붙들었어요. 붙들면서 나는 '잠깐만 기다리오. 오늘 밤 안으로 그 약을 먹으면 고만이 아니오? 이 행복된 순간을 잠깐이라도 늘립시다. 달 올라올 때까지만.' 나는 이렇게 말했지요. '선생님도 행복되셔요? 선생님은 불행이시지. 저 때문에 불행이시지. 저만 이곳에 묻어 주시구는 선생님은 세상에 돌아가 사셔요. 오래오래 사셔요, 일 많이 하

고 사셔요.' 하고 울지 않겠어요.

나는 그때에 내 아내가 하던 말을 한마디도 잊지 아니합니다. 그 말을 듣던 때의 내 인상은 아마 일생 두고 잊히지 아니하겠지요.

나는 자백합니다. 그 순간에 나는 처음으로 내 아내를 안고 키스를 하였지요. 내 속에 눌리고 눌리고 쌓이고 하였던 열정이 그만 일시에 폭발되었던 것이오.

아아 이것이 최초의 것이요, 동시에 최후의 것이로구나 할 때에 내 눈에서는 끓는 듯한 눈물이 흘렀소이다. 두 사람의 심장이 뛰는 소리, 두 사람의 풀무 불길 같은 숨소리.

이윽고 달이 떠올라 왔습니다. 가없는 벌판이니까 달이 뜨니까 갑자기 천지가 환해지고 우리 둘이 손으로 파서 쌓아 놓은 흙무더기가 이 산 없는 세상에 산이나 되는 것같이 조그마한 검은 그림자를 지고 있겠지요.

'자 우리 달빛을 띠고 좀 돌아다닐까.' 하고 나는 아내를 안아 일으켰지요. 내 팔에 안겨서 고개를 뒤로 젖힌 내 아내의 얼굴이 달빛에 비친 양을 나는 잘 기억합니다. 실신한 듯한, 만족한 듯한, 그리고도 절망한 듯한 그 표정을 무엇으로 그릴지 모릅니다. 그림도 그릴 줄 모르고 조각도 할 줄 모르고 글도 쓸 줄 모르는 내가 그것을 어떻게 그립니까. 그저 가슴속에 품고 이렇게 오늘의 내 아내를 바라볼 뿐이지요.

나는 내 아내를 팔에 걸고 걸었다고 하는 것이 가장 합당하지요. 이렇게 팔에다 걸고 달빛을 받은 황량한 벌판, 아무리 하여도 환하게 밝아지지는 아니하는 벌판을 헤매었습니다. 이따금 내 아내가, '어서 죽고 싶어요, 전 죽고만 싶어요.' 하는 말에는 대답도 아니하고. 죽고 싶다는 그 말은 물론 진정일 것이지요.

아무리 맑은 일기라 하더라도 오후가 되면 흐려지는 법이니까 오래 살아가는 동안에 늘 한 모양으로 이 순간같이 깨끗하고 뜨거운 기분으로 갈 수는 없지 않아요? 불쾌한 일도 생기고, 보기 흉한 일도 생길는지 모르거든. 그러니까 이 완전한 깨끗과 완전한 사랑과 완전한 행복 속에 죽어 버리자는 뜻을 나는 잘 알지요. 더구나 우리들이 살아남는대야 앞길이 기구하지 평탄할 리는 없지 아니해요.

그래서 나는 '죽지, 우리 이 달밤에 실컷 돌아다니다가, 더 돌아다니기가 싫거든 그 구덩이에 들어가서 약을 먹읍시다.' 이렇게 말하고 우리 둘은 헤맸지요. 낮에 보면 어디까지나 평평한 벌판인 것만 같지마는 달밤에 보면 이 사막에도 아직 채 스러지지 아니한 산의 형적이 남아 있어서 군데군데 거뭇거뭇한 그림자가 있겠지요. 그 그림자 속에 걸어 들어가면 어떤 데는 우리 허리만큼 그림자에 가리고 어떤 데는 우리 둘을 다 가려 버리는

데도 있단 말예요. 죽음의 그림자라는 생각이 나면 그래도 몸에 소름이 끼쳐요.

차차 달이 높아지고 추위가 심해져서 바람결이 지나갈 때에는 눈에서 눈물이 날 지경이지요. 원체 대기 중에 수분이 적으니까 서리도 많지 않지마는, 그래도 대기 중에 있는 수분은 다 얼어 버려서 얼음가루가 되었던 게지요. 공중에는 반짝반짝하는 수정가루 같은 것이 보입니다. 낮에는 땀이 흐르리만큼 덥던 사막도 밤이 되면 이렇게 기온이 내려가지요.

춥다고 생각하면서도 춥다는 말은 아니하고 우리는 어떤 때에는 달을 따라서, 어떤 때에는 달을 등지고, 어떤 때에는 호수에 비친 달을 굽어보고, 이 모양으로 한없이 말도 없이 돌아다녔지요. 이 세상 생명의 마지막 순간을 힘껏 의식하려는 듯이.

마침내 '나는 더 못 걸어요.' 하고 이이가 내 어깨에 매달려 버리고 말았지요."

하고 R가 부인을 돌아보니, 부인은 편물하던 손을 쉬고,

"다리가 아픈 줄은 모르겠는데 다리가 이리 뉘구 저리 뉘구 해서 걸음을 걸을 수가 없었어요. 춥기는 하구."

하고 소리를 내어서 웃소.

"그럴 만도 하지."

하고 R는 긴장한 표정을 약간 풀고 앉은 자세를 잠깐 고치며,

"그 후에 그날 밤 돌아다닌 곳을 더듬어 보니까, 자세히는 알수 없지마는 삼십 리는 더 되는 것 같거든. 다리가 아프지 아니할 리가 있나."

하고 차를 한 모금 마시고 나서 말을 계속하오.

"그래서 나는 내 외투를 벗어서, 이이 – 부인 – 를 싸서 어린애 안듯이 안고 걸었지요. 외투로 쌌으니 자기도 춥지 않구, 나는 또 무거운 짐을 안았으니 땀이 날 지경이구, 그뿐 아니라 내가 제게 주는 최후의 서비스라 하니 기쁘고, 말하자면 일거삼득이지요.

하하하하. 지난 일이니 웃지마는 그때 사정을 생각해 보세요, 어떠했겠나."

하고 R는 약간 처참한 빛을 띠면서,

"그러니 그 구덩이를 어디 찾을 수가 있나. 얼마를 찾아 돌아다니다가 아무 데서나 죽을 생각도 해 보았지마는 몸뚱이를 그냥 벌판에 내놓고 죽고 싶지는 아니하고, 또 그 구덩이가 우리 두 사람에게 특별한 의미가 있는 것 같아서 기어코 그것을 찾아내고야 말았지요.

그때는 벌써 새벽이 가까웠던 모양이오. 열 시나 넘어서 뜬 하현달이 낮이 기울었으니 그렇지 않겠어요. 그 구덩이에 와서 우리는 한 번 더 하늘과 달과 별과, 그리고 마음속에 떠오른 사람들과 하직하고 약 먹을 준비를 했지요.

약을, 검은 고약과 같은 아편을 맛이 쓰다는 아편을 물도 없이 먹으려 들었지요.

우리 둘은 아까 모양으로 가지런히 누워서 하늘을 바라보았는데, 달이 밝으니까 보이던 별들 중에 숨은 별이 많고 또 별들의 위치 – 우리에게 낯익은 북두칠성 자리도 변했을 것 아니야요. 이상한 생각이 나요. 우리가 벌판으로 헤매는 동안에 천지가 모두 변한 것 같아요. 사실 변하였지요. 그 변한 것이 우스워서 나는 껄껄 웃었지요. 워낙 내가 웃음이 좀 헤프지만 이때처럼 헤프게 실컷 웃어 본 일은 없습니다.

왜 웃느냐고 아내가 좀 성을 낸 듯이 묻기로, '천지와 인생이 변하는 것이 우스워서 웃었소.' 그랬지요. 그랬더니, '천지와 인생은 변할는지 몰라도 내 마음은 안 변해요!' 하고 소리를 지르겠지요. 픽 분개했던 모양이야."

하고 R은 그 아내를 보오.

"그럼 분개 안 해요? 남은 죽을 결심을 하고 발발 떨구 있는데 곁에서 껄껄거리고 웃으니, 어째 분하지가 않아요. 나는 분해서 달아나려고 했어요."

하고 부인은 아직도 분함이 남은 것같이 말하오.

"그래 달아나지 않았소?"

하고 R는 부인이 벌떡 일어나서 비틀거리고 달아나는 흉내를 팔과 다리로 내고 나서,

"이래서 죽는 시간이 지체가 되었지요. 그래서 내가 빌고 달래고 해서 가까스로 안정을 시키고 나니 손에 쥐었던 아편이 땀에 푹 젖었겠지요.

내가 웃은 것은 죽기 전에 한 번 천지와 인생을 웃어 버린 것인데 그렇게 야단이니……. 하하하하."

R는 식은 차를 한 모금 더 마시며,

"참 목도 마르기도 하더니. 입에는 침 한 방울 없고. 그러나 못물을 먹을 생각도 없고. 나중에는 말을 하려고 해도 혀가 안 돌아가겠지요.

이러는 동안에 달빛이 희미해지길래 웬일인가 하고 고개를 번쩍 들었더니 해가 떠오릅니다그려. 어떻게 붉고 둥글고 씩씩한지. '저 해 보오.' 하고 나는 기계적으로 벌떡 일어나서 구덩이에서 뛰어나왔지요."

하고 빙그레 웃소. R의 빙그레 웃는 양이 참 좋았소.

"내가 뛰어나오는 것을 보고 이이도 뿌시시 일어났지요. 그해! 그 해의 새 빛을 받는 하늘과 땅의 빛! 나는 그것을 형용할 말을 가지지 못합니다. 다만 힘껏 소리치고 싶고 기운껏 달음박질치고 싶은 생각이 날 뿐이어요.

'우리 삽시다, 죽지 말고 삽시다, 살아서 새 세상을 만들어 봅시다.' 이렇게 말하였지요. 하니까 이이가 처음에는 깜짝 놀라는 것 같아요. 그러나 마침내 아내도 죽을 뜻이 변하였지요.

그래서 남 선생을 청하여다가 그 말씀을 여쭈었더니 남 선생께서 고개를 끄덕끄덕하시고 우리 둘의 혼인 주례를 하셨지요.

그 후 십여 년에 우리는 밭 갈고 아이 기르고 이런 생활을 하고 있는데, 언제나 여기 새 민족이 생기고 누가 새 단군이 될는지요. 하하하하, 아하하하. 피곤하시겠습니다. 이야기가 너무 길어서."

하고 R는 말을 끊소.

나는 R 부처가 만류하는 것도 다 뿌리치고 여관으로 돌아왔소. R와 함께 달빛 속, 개 짖는 소리 속을 지나서 아라사 사람의 조그마한 여관으로 돌아왔소. 여관 주인도 R를 아는 모양이어서 반갑게 인사하고 또 내게 대한 부탁도 하는 모양인가 보오.

R는 내 방에 올라와서 내일 하루 지날 일도 이야기하고 또 남 선생과 정임에게 관한 이야기도 하였으나, 나는 그가 무슨 이야기를 하는지 잘 들을 만한 마음의 여유도 없어서 마음 없는 대답을 할 뿐이었소.

R가 돌아간 뒤에 나는 옷도 벗지 아니하고 침대에 드러누웠소. 페치카를 때기는 한 모양이나 방이 써늘하기 그지없소.

'그 두 별 무덤이 정말 R와 그 여학생과 두 사람이 영원히 달치 못할 꿈을 안은 채로 깨끗하게 죽어서 묻힌 무덤이었으면 얼마나 좋을까. 만일 그렇다 하면 내일 한 번 더 가서 보토(補土)라도 하고 오련마는.'

하고 나는 R 부처의 생활에 대해 일종의 불만과 환멸을 느꼈소.

그리고 내가 정임을 여기나 시베리아나 어떤 곳으로 불러다가 만일 R와 같은 흉내를 낸다 하면, 하고 생각해 보고는 나는 진저리를 쳤소. 나는 내 머릿속에 다시 그러한 생각이 한 조각이라도 들어올 것을 두려워하였소.

급행을 기다리자면 또 사흘을 기다리지 아니하면 아니 되기로 나는 이튿날 새벽에 떠나는 구간차를 타고 F 역을 떠나 버렸소. R에게는 고맙다는 편지 한 장만을 써 놓고.

나는 R를 더 보기를 원치 아니하였소. 그것은 반드시 R를 죄인으로 보아서 그런 것은 아니오마는 그저 나는 다시 R를 대면하기를 원치 아니한 것이오.

나는 차가 R의 집 앞을 지날 때에도 R의 집에 대하여서는 외면하였소.

이 모양으로 나는 흥안령을 넘고, 하일라르의 솔밭을 지나서 마침내 이곳에 온 것이오.

형! 나는 인제는 이 편지를 끝내오. 더 쓸 말도 없거니와 인제는 이것을 쓰기도 싫증이 났소.

이 편지를 쓰기 시작할 때에는 바이칼에 물결이 흉용하더니, 이 편지를 끝내는 지금에는 가의 가까운 물에는 얼음이 얼었소. 그리고 저 멀리 푸른 물이 늠실늠실 하얗게 눈 덮인 산 빛과 어울리게 되었소.

사흘이나 이어서 오던 눈이 밤새에 개고 오늘 아침에는 칼날 같은 바람이 눈을 날리고 있소.

나는 이 얼음 위로 걸어서 저 푸른 물 있는 곳까지 가고 싶은 유혹을 금할 수 없소. 더구나 이 편지도 다 쓰고 나니, 인제는 내가 이 세상에서 할 마지막 일까지 다한 것 같소.

내가 이 앞에 어디로 가서 어찌 될지는 나도 모르지만 희미한 소원을 말하면 눈 덮인 시베리아의 인적 없는 삼림 지대로 한정 없이 헤매다가 기운 진하는 곳에서 이 목숨을 마치고 싶소.

최석 군은 '끝'이라는 글자를 썼다가 지워 버리고 딴 종이에다가 이런 말을 썼다.

다 쓰고 나니 이런 편지도 다 부질없는 일이오. 내가 이런 말을 한대야 세상이 믿어 줄 리도 없지 않소. 말이란 소용없는 것이오. 내가 아무리 내 아내에게 말을 했어도 아니 믿었거든. 하물며 세상이 내 말을 믿을 리가 있소. 믿지 아니할 뿐 아니라 내 말 중에서 자기네 목적에 필요한 부분만은 믿고, 또 자기네 목적에 필요한 부분은 마음대로 고치고 뒤집고 보태고 할 것이니까. 나는 이 편지를 쓴 것이 한 무익하고 어리석은 일인 줄을 깨달았소.

형이야 이 편지를 아니 보기로니 나를 안 믿겠소? 그중에는 혹 형이 지금까지 모르던 자료도 없지 아니하니, 형만 혼자 보시고 형만 혼자 내 사정을 알아주시면 다행이겠소. 세상에 믿는 친구를 가지는 것이 저마다 하는 일이겠소?

나는 이 쓸데없는 편지를 몇 번이나 불살라 버리려고 하였으나 그래도 거기도 일종의 애착심이 생기고 미련이 생기는구려. 형 한 분이라도 보여 드리고 싶은 마음이 생기는구려.

내가 S 형무소에 입감해 있을 적에 형무소 벽에 죄수가 손톱으로 성명을 새긴 것을 보았소. 뒤에 물었더니 그것은 흔히 사형수가 하는 짓이라고. 사형수가 교수대에 끌려 나가기 바로 전에 흔히 손톱으로 담벼락이나 마룻바닥에 제 이름을 새기는 일이 있다고 하는 말을 들었소.

내가 형에게 쓰는 이 편지도 그 심리와 비슷한 것일까요?

형! 나는 보통 사람보다는, 정보다는 지로, 상식보다는 이론으로, 이해보다는 의리로 살아왔다고 자신하오. 이를테면 논리학적으로 윤리학적으로 살아온 것이라고 할까.

나는 엄격한 교사요, 교장이었소. 내게는 의지력과 이지력밖에 없는 것 같았소. 그러한 생활을 수십 년 해 오지 아니하였소. 나는 이 앞에 몇 십 년을 더 살더라도 내 이 성격이나 생활 태도에는 변함이 없으리라고 자신하였소. 불혹지년이 지났으니 그렇게 생각하였을 것이 아니오.

그런데 형! 참 이상한 일이 있소. 그것은 내가 지금까지 처해 있던 환경을 벗어나서 호호탕탕하게 넓은 세계에 알몸을 내던짐을 당하니 내 마음속에는 무서운 여러 가지 변화가 일어나는구려.

나는 이 말도 형에게 아니하려고 생각하였소. 노여워하지 마시오, 내게까지도 숨기느냐고. 그런 것이 아니오, 형은커녕 나 자신에게까지도 숨기려고 하였던 것이오.

혹시 그런 기다리지 아니하였던 원, 그런 생각이 내 마음의 하늘에 일어나리라고 상상도 아니하였던, 그런 생각이 일어날 때에는 나는 스스로 놀라고 스스로 슬퍼하였소. 그래서 스스로 숨기기로 하였소.

그 숨긴다는 것이 무엇이냐 하면 그것은 열정이요, 정의 불길이요, 정의 광풍이요, 정의 물결이오. 만일 내 의식이 세계를 평화로운 풀 있고, 꽃 있고, 나무 있는 벌판이라고 하면 거기 난데없는 미친 짐승들이 불을 뿜고 소리를 지르고 싸우고, 영각을 하고 날쳐서 이 동산의 평화의 화초를 다 짓밟아 버리고 마는 그러한 모양과 같소.

형! 그 이상야릇한 짐승들이 여태껏, 사십 년간을 어느 구석에 숨어 있었소? 그러다가 인제 뛰어나와 각각 제 권리를 주장하오?

지금 내 가슴속은 끓소. 내 몸은 바짝 여위었소. 그것은 생리학적으로나 심리학적으로나 타는 것이요, 연소하는 것이오. 그래서 다만 내 몸의 지방만이 타는 것이 아니라, 골수까지 타고, 몸이 탈 뿐이 아니라 생명 그 물건이 타고 있는 것이오. 그러면 어찌할까.

지위, 명성, 습관, 시대사조 등등으로 일생에 눌리고 눌렸던 내 자아의 일부분이 혁명을 일으킨 것이오. 한 번도 자유로 권세를 부려 보지 못한 본능과 감정들이 내 생명이 끝나기 전에 한 번 날뛰어 보려는 것이오. 이것이 선이오, 악이오?

그들은 내가 지금까지 옳다고 여기고 신성하다고 여기던 모든 권위를 모조리 둘러엎으려고 드오.

그러나 형! 나는 도저히 이 혁명을 용인할 수가 없소. 나는 죽기까지 버티기로 결정을 하였소. 내 속에서 두 세력이 싸우다가 싸우다가 승부가 결정이 못 된다면 나는 승부의 결정을 기다리지 아니하고 살기를 그만두려오.

나는 눈 덮인 삼림 속으로 들어가려오. 나는 V라는 대삼림 지대가 어디인 줄도 알고, 거기를 가려면 어느 정거장에서 내릴 것도 다 알아 놓았소.

만일 단순히 죽는다 하면 구태여 멀리 찾아갈 필요도 없지마는 그래도 나 혼자로는 내 사상과 감정의 청산을 하고 싶소. 살 수 있는 날까지 세상을 떠난 곳에서 살다가 완전한 해결을 얻는 날 나는 혹은 승리의, 혹은 패배의 종막을 닫칠 것이오.

만일 해결이 안 되면 안 되는 대로 그치면 그만이지요.

나는 이 붓을 놓기 전에 어젯밤에 꾼 꿈 이야기 하나는 하려오. 꿈이 하도 수상해서 마치 내 전도에 대한 신의 계시와도 같기로 하는 말이오. 그 꿈은 이러하였소.

내가 꽁이깨 – 꼬이까라는 아라사말로 침대라는 말이 조선 동포의 입으로 변한 말이오. – 짐을 지고 삽을 메고 눈이 덮인 삼림 속을 혼자 걸었소. 이 꽁이깨 짐이란 것은 금점꾼들이 그 여행 중에 소용품, 마른 빵, 소금, 내복 등속을 침대 매트리스에 넣어서 지고 다니는 것이오. 이 짐하고 삽 한 자루, 도끼 한 자루, 그것이 시베리아로 금을 찾아 헤매는 조선 동포들의 행색이오. 내가 이르쿠츠크에서 이러한 동포를 만났던 것이 꿈으로 되어 나온 모양이오.

나는 꿈에는 세상을 다 잊어버린, 아주 깨끗하고 침착한 사람으로 이 꽁이깨 짐을 지고 삽을 메고 밤인지 낮인지 알 수 없으나 땅은 눈빛으로 희고, 하늘은 구름 빛으로 회색인 삼림 지대를 허덕허덕 걸었소. 길도 없는 데를, 인적도 없는 데를.

꿈에도 내 몸은 퍽 피곤해서 쉴 자리를 찾는 마음이었소.

나는 마침내 어떤 언덕 밑 한 군데를 골랐소. 그리고 상시에 이야기에서 들은 대로 삽으로 내가 누울 자리만 한 눈을 치고, 그리고는 도끼로 곁에 선 나무 몇 개를 찍어 누이고 거기다가 불을 놓고 그 불김에 녹은 땅을 두어 자나 파내고 그 속에 드러누웠소. 훈훈한 것이 아주 편안하였소.

하늘에는 별이 반짝거렸소. F 역에서 보던 바와 같이 큰 별 작은 별도 보이고 평시 보지 못하던 붉은 별, 푸른 별 들도 보였소.

나는 이 이상한 하늘, 이상한 별들이 있는 하늘을 보고 드러누워 있노라니까 문득 어디서 발자국 소리가 들렸소.

퉁퉁퉁퉁 우루루루……. 나는 벌떡 일어나려 하였으나 몸이 천 근이나 되어서 움직일 수가 없었소. 가까스로 고개를 조금 들고 보니 뿔이 기다랗고 눈이 불같이 붉은 사슴의 떼가 무엇에 놀랐는지 껑충껑충 뛰어 지나가오. 이것은 아마 크로포트킨이 《상호 부조론》 속에서 말한 시베리아의 사슴의 떼가 꿈이 되어 나온 모양이오.

그러더니 그 사슴의 떼가 다 지나간 뒤에, 그 사슴의 떼가 오던 방향으로 정임이 걸어오는 것이 아니라 스르륵하고 미끄러져 오오. 마치 인형을 밀어 주는 것같이.

"정임아!"

하고 나는 소리를 치고 몸을 일으키려 하였소.

정임의 모양은 나를 잠깐 보고는 미끄러지는 듯이 흘러가 버리오.

나는 '정임아, 정임아' 하고 부르며 팔다리를 버둥거렸소. 그러다가 마침내 내 몸이 번쩍 일으켜짐을 깨달았소. 나는 정임의 뒤를 따랐소.

나는 눈 위로 삼림 속으로 정임의 그림자를 따랐소. 보일 듯안 보일 듯, 잡힐 듯 안 잡힐 듯, 나는 무거운 다리를 끌고 정임을 따랐소.

정임은 이 추운 날이건만 눈과 같이 흰 옷을 입었소. 그 옷은 옛날 로마 여인의 옷과 같이 바람결에 펄렁거렸소.

"오지 마세요. 저를 따라오지 못하십니다."

하고 정임은 눈보라 속에 가려져 버리고 말았소.

암만 불러도 대답이 없고 눈보라가 다 지나간 뒤에도 붉은 별, 푸른 별과 뿔 긴 사슴의 떼뿐이오. 정임은 보이지 아니하였소. 나는 미칠 듯이 정임을 찾고 부르다가 잠을 깨었소.

꿈은 이것뿐이오. 꿈을 깨어서 창밖을 바라보니 얼음과 눈에 덮인 바이칼 호 위에는 새벽의 겨울 달이 비치어 있었소.

저 멀리 검푸르게 보이는 것이 채 얼어붙지 아니한 물이겠지요. 오늘 밤에 바람이 없고 기온이 내리면 그것마저 얼어붙을는지 모르지요. 벌써 살얼음이 잡혔는지도 모르지요.

아아, 그 속은 얼마나 깊을까. 나는 바이칼의 물속이 관심이 되어서 못 견디겠소.

형! 나는 자백하지 아니할 수 없소. 이 꿈은 내 마음의 어떤 부분을 설명한 것이라고. 그러나 형! 나는 이것을 부정하려오. 굳세게 부정하려오. 나는 이 꿈을 부정하려오. 억지로라도 부정하려오.

나는 결코 내 속에 일어난 혁명을 용인하지 아니하려오. 나는 그것을 혁명으로 인정하지 아니하려오. 아니오! 아니오! 그것은 반란이오! 내 인격의 통일에 대한 반란이오. 단연코 무단적으로 진정하지 아니하면 아니 될 반란이오.

보시오! 나는 굳게 서서 한 걸음도 뒤로 물러서지 아니할 것이오. 만일에 형이 광야에 구르는 내 시체나 해골을 본다든지, 또는 무슨 인연으로 내 무덤을 발견하는 날이 있다고 하면 그때에 형은 내가 이 모든 반란을 진정한 개선의 군주로 죽은 것을 알아주시오.

인제 바이칼에 겨울의 석양이 비치었소. 눈을 인 나지막한 산들이 지는 햇빛에 자줏빛을 발하고 있소. 극히 깨끗하고 싸늘한 광경이오. 아듀!

이 편지를 우편에 부치고는 나는 최후의 방랑의 길을 떠나오. 찾을 수도 없고, 편지 받을 수도 없는 곳으로.

부디 평안히 계시오. 일 많이 하시오. 부인께 문안드리오.

내 가족과 정임의 일 맡기오. 아듀!

이것으로 최석 군의 편지는 끝났다.

나는 이 편지를 받고 울었다.

이것이 한 편의 소설이라 하더라도 슬픈 일이거든, 하물며 내가 가장 믿고 사랑하는 친구의 일임에야.

이 편지를 받고, 나는 곧 최석 군의 집을 찾았다. 주인을 잃은 이 집에서는 아이들이 마당에서 떠들고 있었다.

"삼청동 아자씨 오셨수. 어머니, 삼청동 아자씨."

하고 최석 군의 작은딸이 나를 보고 뛰어 들어갔다.

최석의 부인이 나와 나를 맞았다.

부인은 머리도 빗지 아니하고, 얼굴에는 조금도 화장을 아니하고, 매무시도 흘러내릴 지경으로 정돈되지 못하였다. 일주일이나 못 만난 동안에 부인의 모양은 더욱 초췌하였다.

"노석헌테서 무슨 기별이나 있습니까."

하고 나는 무슨 말로 말을 시작할지 몰라서 이런 말을 하였다.

"아니오. 왜 그이가 집에 편지하나요?"

하고 부인은 성난 빛을 보이며,

"집을 떠난 지가 근 사십 일이 되건만 엽서 한 장 있나요. 집
안 식구가 다 죽기로 눈이나 깜짝할 인가요. 그저 정임이헌테만
미쳐서 죽을지 살지를 모르지요."

하고 울먹울먹한다.

"잘못 아십니다. 부인께서 노석의 마음을 잘못 아십니다. 그
런 것이 아닙니다."

하고 나는 확신 있는 듯이 말을 시작하였다.

"노석의 생각을 부인께서 오해하신 줄은 벌써부터 알았지마
는, 오늘 노석의 편지를 받아보고 더욱 분명히 알았습니다."

하고 나는 부인의 표정의 변화를 엿보았다.

"편지가 왔어요?"

하고 부인은 놀라면서,

"지금 어디 있어요? 일본 있지요?"

하고 질투의 불길을 눈으로 토하였다.

"일본이 아닙니다. 노석은 지금 아라사에 있습니다."

"아라사요?"

하고 부인은 놀라는 빛을 보이더니,

"그러면 정임이를 데리고서 아주 아라사로 가케오치를 하였
군요."

하고 히스테릭한 웃음을 보이고는 몸을 한 번 떨었다.

　부인은 남편과 정임의 관계를 말할 때마다 이렇게 경련적인 웃음을 웃고 몸을 떠는 것이 버릇이었다.

　"아닙니다. 노석은 혼자 가 있습니다. 그런 오해를 마세요."
하고 나는 보에 싼 최석의 편지를 내어서 부인의 앞으로 밀어 놓으며,

　"이것을 보시면 다 아실 줄 압니다. 어쨌으나 노석은 결코 정임이를 데리고 간 것이 아니요, 도리어 정임이를 멀리 떠나서 간 것입니다. 그러나 그보다도 중대 문제가 있습니다. 노석은 이 편지를 보면 죽을 결심을 한 모양입니다."
하고 부인의 주의를 질투로부터 그 남편에게 대한 동정에 끌어 보려 하였다.

　"흥. 왜요? 시체 정사를 하나요? 좋겠습니다. 머리가 허연 것이 딸자식 같은 계집애허구 정사를 한다면 그 꼴 좋겠습니다. 죽으라지요. 죽으래요. 죽는 것이 낫지요. 그러구 살아서 무엇해요?"

　내 뜻은 틀려 버렸다. 부인의 표정과 말에서는 더욱더욱 독한 질투의 안개와 싸늘한 얼음가루가 날았다.

　나는 부인의 이 태도에 반감을 느꼈다. 아무리 질투의 감정이 강하다 하기로, 사람의 생명이 제 남편의 생명이 위태함에도 불

구하고 오직 제 질투의 감정에만 충실하려 하는 그 태도가 불쾌하였다.

그래서 나는,

"나는 그만큼 말씀해 드렸으니 더할 말씀은 없습니다. 아무려나 좀 더 냉정하게 생각해 보세요. 그리고 이것을 읽어 보세요."

하고 일어나서 집으로 돌아와 버리고 말았다.

도무지 불쾌하기 그지없는 날이다. 최석의 태도까지도 불쾌하다.

'달아나긴 왜 달아나? 죽기는 왜 죽어? 못난 것! 기운 없는 것!'

하고 나는 최석이 곁에 서 있기나 한 것처럼 눈을 흘기고 중얼거렸다.

최석의 말대로 최석의 부인은 악한 사람이 아니요, 그저 보통인 여성일는지 모른다. 그렇다 하면 여자의 마음이란 너무도 질투의 종이 아닐까.

설사 남편 되는 최석의 사랑이 아내로부터 정임에게로 옮아갔다고 하더라도 그것을 질투로 회복하려는 것은 어리석은 일이다. 이미 사랑이 떠난 남편을 '네 마음대로 가거라.' 하고 자발적으로 내버릴 것이지마는 그것을 못할 사정이 있다고 하면 모르는 체하고 내버려 둘 것이 아닌가.

그래도 이것은 우리네 남자의 이론이요, 여자로는 이런 경우에 질투라는 반응밖에 없도록 생긴 것일까 나는 이런 생각을 하고 있었다.

시계가 아홉 시를 친다.

남대문 밖 정거장을 떠나는 열차의 기적 소리가 들린다.

나는 만주를 생각하고, 시베리아를 생각하고 최석을 생각하였다. 마음으로는 정임을 사랑하면서 그 사랑을 발표할 수 없어서 시베리아의 눈 덮인 삼림 속으로 방황하는 최석의 모양이, 최석의 꿈 이야기에 있는 대로 눈앞에 선하게 떠나온다.

'사랑은 목숨을 빼앗는다.'

하고 나는 사랑에서 일어나는 인생의 비극을 생각하였다.

그러나 최석의 경우는 보통 있는 공식과는 달라서 사랑을 죽이기 위해서 제 목숨을 죽이는 것이다. 그렇다 하더라도,

'사랑은 목숨을 빼앗는다.'

는 데에는 다름이 없다.

나는 불쾌도 하고 몸도 으스스하여 얼른 자리에 누웠다. 며느리가 들어온 뒤부터 사랑 생활을 하는 지가 벌써 오 년이나 되었다.

우리 부처란 인제는 한 역사적 존재요, 윤리적 관계에 불과하다. 오래 사귄 친구와 같은 익숙함이 있고, 집에 없지 못할 사람

이라는 필요감도 있지마는 젊은 부처가 가지는 듯한 그런 정은 벌써 없는 지 오래다. 아내도 나를 대하면 본체만체, 나도 아내를 대하면 본체만체, 무슨 필요가 있어서 말을 붙이더라도 아무쪼록 듣기 싫기를 원하는 듯이 톡톡 내던진다.

아내도 근래에 와서는 옷도 아무렇게나, 머리도 아무렇게나, 어디 출입할 때밖에는 도무지 화장을 아니한다.

그러나 그렇다고 우리 부처의 새가 좋지 못한 것도 아니다. 서로 소중히 여기는 마음도 있다. 아내가 안에 있다고 생각하면 마음이 든든하고, 또 아내의 말에 의하건대 내가 사랑에 있거니 하면 마음이 든든하다고 한다.

우리 부처의 관계는 이러한 관계다.

나는 한 방에서 혼자 잠을 자는 것이 습관이 되어서 누가 곁에 있으면 잠이 잘 들지 아니하였다. 혹시 어린것들이 매를 얻어맞고 사랑으로 피난을 와서 울다가 내 자리에서 잠이 들면 귀엽기는 귀여워도 잠자리는 편안치 아니하였다.

나는 책을 보고 글을 쓰고 공상을 하고 있으면 족하였다. 내게는 아무 애욕적 요구도 없었다. 이것은 내 정력이 쇠모한 까닭인지 모른다.

그러나 최석의 편지를 본 그날 밤에는 도무지 잠이 잘 들지 아니하였다. 최석의 편지가 최석의 고민이 내 졸던 의식에 무슨 자극을 준 듯하였다. 적막한 듯하였다. 허전한 듯하였다. 무엇인지 모르나 그리운 것이 있는 것 같았다.

"어, 이거 안 되었군."

하고 나는 벌떡 일어나 담배를 피워 물었다.

"나으리 주무셔 곕시오?"

하고 아범이 전보를 가지고 왔다.

'명조 경성 착 남정임'

이라는 것이었다.

"정임이 와?"

하고, 나는 전보를 다시 읽었다.

최석의 그 편지를 보면 최석 부인에게는 어떤 반응이 일어나고 정임에게는 어떤 반응이 일어날까, 하고 생각하면 자못 마음이 편하지 못하였다.

이튿날 아침에 나는 부산서 오는 차를 맞으려고 정거장에를 나갔다.

차는 제 시간에 들어왔다. 남정임은 슈트케이스 하나를 들고 차에서 내렸다. 검은 외투에 검은 모자를 쓴 그의 얼굴은 더욱 해쓱해 보였다.

"선생님!"

하고 정임은 나를 보고 손에 들었던 짐을 땅바닥에 내려놓고,

내 앞으로 왔다.

"풍랑이나 없었나?"

하고 나는 내 손에 잡힌 정임의 손이 싸늘한 것을 근심하였다.

"네. 아주 잔잔했습니다. 저같이 약한 사람도 밖에 나와서 바다 경치를 구경하였습니다."

하고 정임은 사교적인 웃음을 웃었다. 그러나 그의 눈에는 눈물이 있는 것 같았다.

"최 선생님 어디 계신지 아세요?"

하고 정임은 나를 따라서면서 물었다.

"나도 지금까지 몰랐는데 어제 편지를 하나 받았지."

하는 것이 내 대답이었다.

"네? 편지 받으셨어요? 어디 계십니까?"

하고 정임은 걸음을 멈추었다.

"나도 몰라."

하고 나도 정임과 같이 걸음을 멈추고,

"그 편지를 쓴 곳도 알고 부친 곳도 알지마는, 지금 어디로 갔는지 그것은 모르지. 찾을 생각도 말고 편지할 생각도 말라고 했으니까."

하고 사실대로 대답하였다.

"어디야요? 그 편지 부치신 곳이 어디야요? 저 이 차로 따라

갈 테야요."

하고 정임은 조급하였다.

"갈 때에는 가더라도 이 차에야 갈 수가 있나."

하고 나는 겨우 정임을 끌고 들어왔다.

정임을 집으로 데리고 와서 대강 말을 하고, 이튿날 새벽차로 떠난다는 것을,

"가만있어. 어떻게 계획을 세워 가지고 해야지."

하여 가까스로 붙들어 놓았다.

아침을 먹고 나서 최석 집에를 가 보려고 할 즈음에 순임이 와서 마루 끝에 선 채로,

"선생님, 어머니가 잠깐만 오십시사구요."

하였다.

"정임이 왔다."

하고 내가 그러니까,

"정임이요?"

하고 순임은 깜짝 놀라면서,

"정임이는 아버지 계신 데를 알아요?"

하고 물었다.

"정임이도 모른단다. 너 아버지는 시베리아에 계시고, 정임이는 동경 있다가 왔는데 알 리가 있니?"

하고 나는 순임의 생각을 깨뜨리려 하였다. 순임은,

"정임이 어디 있어요?"

하고 방들 있는 곳을 둘러보며,

"언제 왔어요?"

하고는 그제야 정임에게 대한 반가운 정이 발하는 듯이,

"정임아!"

하고 불러 본다.

"언니요? 여기 있수."

하고 정임이 머릿방 문을 열고 옷을 갈아입던 채로 고개를 내어 민다.

순임은 구두를 차내 버리듯이 벗어 놓고 정임의 방으로 뛰어 들어간다.

나는 최석의 집에를 가느라고 외투를 입고 모자를 쓰고 정임의 방문을 열어 보았다. 두 처녀는 울고 있었다.

"정임이도 가지. 아주머니 뵈러 안 가?"

하고 나는 정임을 재촉하였다.

"선생님 먼저 가 계셔요."

하고 순임이 눈물을 씻고 일어나면서,

"이따가 제가 정임이허구 갑니다."

하고 내게 눈을 끔쩍거려 보였다.

갑자기 정임이 가면 어머니와 정임이와 사이에 어떠한 파란이 일어나지나 아니할까 하고 순임이 염려하는 것이었다. 순임이 도 인제는 노성하여졌다고 나는 생각하였다.

"선생님 이 편지가 다 참말일까요?"

하고 나를 보는 길로 최석 부인이 물었다.

최석 부인은 히스테리를 일으킨 사람 모양으로 머리와 손을 떨었다.

나는 참말이냐 하는 것이 무엇을 가리키는 말인지 분명하지 아니하여서,

"노석이 거짓말할 사람입니까?"

하고 대체론으로 대답하였다.

"앉으십쇼. 앉으시란 말씀도 안 하고."

하고 부인은 침착한 모양을 보이려고 빙그레 웃었으나, 그것은 실패였다.

"그게 참말일까요? 정임이 아기를 뗀 것이 아니라, 폐가 나빠서 피를 토하고 입원하였다는 것이?"

하고 부인은 중대하다는 표정을 가지고 묻는다.

"그럼 그것이 참말이 아니구요. 아직도 그런 의심을 가지고 계십니까. 정임이와 한 방에 있는 학생이 모함한 것이라고 안 그랬어요? 그게 말이 됩니까."

하고 언성을 높여서 대답하였다.

"그럼 왜 정임이 여관에서 왜 아버지한테 한 번 안아 달라고 그래요? 그 편지에 쓴 대로 한 번 안아만 보았을까요?"

이것은 부인의 둘째 물음이었다.

"나는 그뿐이라고 믿습니다. 그것이 도리어 깨끗하다는 표라고 믿습니다. 안 그렇습니까?"

하고 나는 딱하다는 표정을 하였다.

"글쎄요."

하고 부인은 한참이나 생각하고 있다가,

"정말 애 아버지가 혼자 달아났을까요? 정임이를 데리고 가 케오치한 것이 아닐까요? 꼭 그랬을 것만 같은데."

하고 부인은 괴로운 표정을 감추려는 듯이 고개를 숙인다.

나는 남편에게 대한 아내의 의심이 어떻게 깊은가에 아니 놀랄 수가 없어서,

"허."

하고 한마디 웃고,

"그렇게 수십 년 부부 생활을 하시고도 그렇게 노석의 인격을 몰라주십니까. 나는 부인께서 하시는 말씀들이 부러 하시는 농담으로밖에 아니 들립니다. 정임이 지금 서울 있습니다."

하고 또 한 번 웃었다. 정말 기막힌 웃음이었다.

"정임이 서울 있어요?"

하고 부인은 펄쩍 뛰면서,

"어디 있다가 언제 왔습니까? 그게 정말입니까?"

하고 의아한 빛을 보인다.

꼭 최석이하고 함께 달아났을 정임이 서울에 있을 리가 없는 것이었다.

"동경서 오늘 아침에 왔습니다. 지금 우리 집에서 순임이허구 이야기를 하고 있으니까 조금 있으면 뵈오러 올 것입니다."

하고 나는 정임이 분명히 서울 있는 것을 일일이 증거를 들어서 증명하였다. 그리고 우스운 것을 속으로 참았다.

그러나 다음 순간에는 이 병들고 늙은 아내가 질투와 의심으로 괴로워서 덜덜덜덜 떨고 앉았는 것을 가엾게 생각하였다.

정임이 서울에 있는 것이 의심할 여지가 없는 사실임이 판명되매, 부인은 도리어 낙망하는 듯하였다. 그가 제 마음대로 그려 놓고 믿고 하던 모든 철학의 계통이 무너진 것이다.

한참이나 흐트러진 정신을 못 수습하는 듯이 앉아 있더니 아주 기운 없는 어조로,

"선생님 애 아버지가 정말 죽을까요? 정말 영영 집에를 안 돌아올까요?"

하고 묻는다. 그 눈에는 벌써 눈물이 어리었다.

"글쎄요. 내 생각 같아서는 다시는 집에 돌아오지 아니할 것 같습니다. 또 그만치 망신을 했으니, 이제 무슨 낯으로 돌아옵니까. 내라도 다시 집에 돌아올 생각은 아니 내겠습니다."
하고 나는 의식적으로 악의를 가지고 부인의 가슴에 칼을 하나 박았다.

그 칼은 분명히 부인의 가슴에 아프게 박힌 모양이었다.

"선생님. 어떡하면 좋습니까. 애 아버지가 죽지 않게 해 주세요. 그렇지 않아도 순임이년이 제가 개 아버지를 달아나게나 한 것처럼 원망을 하는데요. 그러다가 정녕 죽으면 어떻게 합니까. 제일 딴 자식들의 원망을 들을까 봐 겁이 납니다. 선생님, 어떻게 애 아버지를 붙들어다 주세요."
하고 마침내 참을 수 없이 울었다.

말은 비록 자식들의 원망이 두렵다고 하지마는 질투의 감정이 스러질 때에 그에게는 남편에게 대한 아내의 애정이 막혔던 물과 같이 터져 나온 것이라고 나는 해석하였다.

"글쎄, 어디 있는 줄 알고 찾습니까. 노석의 성미에 한 번 아니한다고 했으면 다시 편지할 리는 만무하다고 믿습니다."
하여 나는 부인의 가슴에 둘째 칼날을 박았다.

나는 비록 최석의 부인이 청하지 아니하더라도 최석을 찾으러 떠나지 아니하면 아니 될 의무를 진다.

산 최석을 못 찾더라도 최석의 시체라도, 무덤이라도, 죽은 자리라도, 마지막 있던 곳이라도 찾아보지 아니하면 아니 될 의무를 깨닫는다.

그러나 시국이 변하여 그때에는 아라사에 가는 것은 여간 곤란한 일이 아니었다. 그때에는 북만의 풍운이 급박하여 만주리를 통과하기는 사실상 불가능에 가까웠다.

마점산(馬占山) 일파의 군대가 흥안령, 하일라르 등지에 웅거하여 언제 대충돌이 폭발될는지 모르던 때다.

이 때문에 시베리아에 들어가기는 거의 절망 상태라고 하겠고, 또 관헌도 아라사에 들어가는 여행권을 잘 교부할 것 같지 아니하였다.

부인은 울고, 나는 이런 생각 저런 생각을 하고 있는 동안에 문 밖에는 순임이, 정임이 들어오는 소리가 들렸다.

"아이, 정임이냐."

하고 부인은 반갑게 허리를 굽혀 인사하는 정임의 어깨에 손을 대고,

"자, 앉아라. 그래 인제 병이 좀 나으냐……. 수척했구나. 더 노성해지구 반년도 못 되었는데."

하고 정임에게 대하여 애정을 표하는 것을 보고 나는 의외지마는 다행으로 생각하였다.

나는 정임이 오면 보기 싫은 한 장면을 연출하지 않나 하고 근심하였던 것이다.

"희, 잘 자라요?"

하고 정임은 한참이나 있다가 비로소 입을 열었다.

"응, 잘 있단다. 컸나 가 보아라."

하고 부인은 더욱 반가운 표정을 보인다.

"어느 방이야?"

하고 정임은 선물 보퉁이를 들고 순임과 함께 나가 버린다.

여자인 정임은 희와 순임과 부인과 또 순임의 다른 동생에게 선물 사 오는 것을 잊어버리지 아니하였다.

정임과 순임은 한 이삼 분 있다가 돌아왔다. 밖에서 희가 무엇이라고 지절대는 소리가 들린다. 아마 정임이 사다 준 선물을 받고 좋아하는 모양이다.

정임은 들고 온 보퉁이에서 여자용 배스로브 하나를 내어서 부인에게 주며,

"맞으실까?"

하였다.

"아이 그건 무어라고 사 왔니?"

하고 부인은 좋아라고 입어 보고, 이리 보고 저리 보고 하면서,

"난 이런 거 처음 입어 본다."

하고 자꾸 끈을 동여맨다.

"정임이 난 파자마를 사다 주었어."

하고 순임은 따로 쌌던 굵은 줄 있는 융 파자마를 내어서 경매
장 사람 모양으로 흔들어 보이며,

"어머니 그 배스로브 나 주우. 어머닌 늙은이가 그건 입어서
무엇하우?"

하고 부인이 입은 배스로브를 벗겨서 제가 입고 두 호주머니에
손을 넣고 어기죽어기죽하고 서양 부인네 흉내를 낸다.

"저런 말괄량이가 너도 정임이처럼 좀 얌전해 보아라."

하고 부인은 순임을 향하여 눈을 흘긴다.

이 모양으로 부인과 정임과의 대면은 가장 원만하게 되었다.

그러나 부인은 정임에게 최석의 편지를 보이기를 원치 아니
하였다. 편지가 왔다는 말조차 입 밖에 내지 아니하였다.

그러나 순임이 정임에게 대하여 표하는 애정은 여간 깊지 아
니하였다. 그 둘은 하루 종일 같이 있었다.

정임은 그날 저녁에 나를 보고,

"순임이헌테 최 선생님 편지 사연은 다 들었어요. 순임이 그
편지를 훔쳐다가 얼른얼른 몇 군데 읽어도 보았습니다. 순임이
저를 퍽 동정하면서 절더러 최 선생을 따라가 보라고 그래요.
혼자 가기가 어려우면 자기허구 같이 가자고. 가서 최 선생을

197

데리고 오자고. 어머니가 못 가게 하거든 몰래 둘이 도망해 가
자고. 그래서 그러자고 그랬습니다. 안 됐지요. 선생님?"

하고 저희끼리 작정은 다 해 놓고는 슬쩍 내 의향을 물었다.

"젊은 여자 단둘이서 먼 여행을 어떻게 한단 말이냐? 게다가
지금 북만주 형세가 대단히 위급한 모양인데. 또 정임이는 그
건강을 가지고 어디를 가, 이 추운 겨울에?"

하고 나는 이런 말이 다 쓸데없는 말인 줄 알면서도 어른으로서
한마디 안 할 수 없어서 하였다. 정임은 더 제 뜻을 주장하지도
아니하였다.

그날 저녁에 정임은 순임의 집에서 잤는지 집에 오지를 아니
하였다.

나는 이 일을 어찌하면 좋은가, 이 두 여자의 행동을 어찌하
면 좋은가 하고 혼자 끙끙 생각하고 있었다.

이튿날 나는 궁금해서 최석의 집에를 갔더니 부인이,

"우리 순임이 댁에 갔어요?"

하고 의외의 질문을 하였다.

"아니오."

하고 나는 놀랐다.

"그럼, 이것들이 어딜 갔어요? 난 정임이허구 댁에서 잔 줄만
알았는데."

하고 부인은 무슨 불길한 것이나 본 듯이 몸을 떤다. 히스테리가 일어난 것이다.

나는 입맛을 다시었다. 분명히 이 두 여자가 시베리아를 향하고 떠났구나 하였다.

그날은 소식이 없이 지났다. 그 이튿날도 소식이 없이 지났다. 최석 부인은 딸까지 잃어버리고 미친 듯이 울고 애통해하다가 머리를 싸매고 누워 버리고 말았다.

정임이와 순임이 없어진 지 사흘 만에 아침 우편에 편지 한 장을 받았다. 그 봉투는 봉천 야마도 호텔 것이었다. 그 속에는 편지 두 장이 들어 있었다.

한 장은,

선생님! 저는 아버지를 위하여, 정임을 위하여 정임과 같이 집을 떠났습니다.

어머님께서 슬퍼하실 줄은 알지마는 저희들이 다행히 아버지를 찾아서 모시고 오면 어머니께서도 기뻐하실 것을 믿습니다. 저희들이 가지 아니하고는 아버지는 살아서 돌아오실 것 같지 아니합니다. 아버지를 이처럼 불행하시게 한 죄는 절반은 어머니께 있고, 절반은 제게 있습니다.

저는 아버지 일을 생각하면 가슴이 미어지고 이가 갈립니다. 저는 아무리 해서라도 아버지를 찾아내어야겠습니다.

저는 정임을 무한히 동정합니다. 저는 어려서 정임을 미워하고 아버지를 미워하였지마는, 지금은 아버지의 마음과 정임의 마음을 알아볼 만치 자랐습니다.

선생님! 저희들은 둘이 손을 잡고 어디를 가서든지 아버지를 찾아내겠습니다.

하느님의 사자가 낮에는 구름이 되고 밤에는 별이 되어서 반드시 저희들의 앞길을 인도할 줄 믿습니다.

선생님, 저희 어린것들의 뜻을 불쌍히 여기셔서 돈 천 원만 전보로 보내 주시기를 바랍니다.

만일 만주리로 가는 길이 끊어지면 몽고로 자동차로라도 가려고 합니다.

아버지 편지에 적힌 F 역의 R 씨를 찾고, 그리고 바이칼 호반의 바이칼리스코에를 찾아, 이 모양으로 찾으면 반드시 아버지를 찾아내고야 말 것을 믿습니다.

선생님, 돈 천 원만 '봉천 야마도 호텔 최순임' 이름으로 부쳐 주세요. 그리고 어머니한테는 아직 말씀 말아 주세요.

선생님. 이렇게 걱정하시게 해서 미안합니다. 용서하세요.

순임 상서.

이렇게 써 있다. 또 한 장에는,

선생님! 저는 마침내 돌아오지 못할 길을 떠나나이다. 어디든지 최 선생님을 뵈옵는 곳에서 이 몸을 묻고자 하나이다.

지금 또 몸에 열이 나는 모양이요, 혈담도 보이오나 최 선생을 뵈올 때까지는 아무리 하여서라도 이 목숨을 부지하려 하오며, 최 선생을 뵈옵고 제가 진 은혜를 감사하는 한 말씀만 사뢰면 고대 죽사와도 여한이 없을까 하나이다.

순임 언니가 제게 주시는 사랑과 동정은 오직 눈물과 감격밖에 더 표할 말씀이 없나이다. 순임 언니가 저를 보호하여 주니 마음이 든든하여이다…….

이라고 하였다.

편지를 보아야 별로 놀랄 것은 없었다. 다만 말괄량이로만 알았던 순임의 속에 어느새 그러한 감정이 발달하였나 하는 것을 놀랄 뿐이었다.

그러나 걱정은 이것이다. 순임이나 정임이나 다 내가 감독해야 할 처지에 있거늘, 그들이 만 리 긴 여행을 떠난다고 하니 감독자인 내 태도를 어떻게 할까 하는 것이다.

나는 편지를 받는 길로 우선 돈 천 원을 은행에 가서 찾아다 놓았다.

암만해도 내가 서울에 가만히 앉아서 두 아이에게 돈만 부쳐 주는 것이 인정에 어그러지는 것 같아서, 나는 여러 가지로 주선을 하여서 여행의 양해를 얻어 가지고 봉천을 향하여 떠났다.

내가 봉천에 도착한 것은 밤 열 시가 지나서였다. 순임과 정임은 자리옷 바람으로 내 방으로 달려와서 반가워하였다. 그들이 반가워하는 양은 실로 눈물이 흐를 만하였다.

"아이구 선생님!"

"아이구 어쩌면!"

하는 것이 그들의 내게 대한 인사의 전부였다.

"정임이 어떠오?"

하고 나는 순임의 편지에 정임이 열이 있단 말을 생각하였다.

"무어요. 괜찮습니다."

하고 정임은 웃었다.

전등 빛에 보이는 정임의 얼굴은 그야말로 대리석으로 깎은 듯하였다. 여위고 핏기가 없는 것이 더욱 정임의 용모에 엄숙한 맛을 주었다.

"돈 가져오셨어요?"

하고 순임이 어리광 절반으로 묻다가 내가 웃고 대답이 없음을 보고,

"우리를 붙들러 오셨어요?"

하고 성내는 양을 보인다.

"그래 둘이서들 간다니 어떻게 간단 말인가. 시베리아가 어떤 곳에 붙었는지 알지도 못하면서."

하고 나는 두 사람이 그리 슬퍼하지 아니하는 순간을 보는 것이 다행하여서 농담 삼아 물었다.

"왜 몰라요? 시베리아가 저기 아니야요?"

하고 순임이 산해관 쪽을 가리키며,

"우리도 지리에서 배워서 다 알아요. 어저께 하루 종일 지도를 사다 놓고 연구를 하였답니다. 봉천서 신경, 신경서 하얼빈, 하얼빈에서 만주리, 만주리에서 이르쿠츠크…… 보세요, 잘 알지 않습니까. 또 만일 중동 철도가 불통이면 어떻게 가는고 하니 여기서 산해관을 가고, 산해관서 북경을 가지요. 그리고는 북경서 장가구를 가지 않습니까. 장가구서 자동차를 타고 몽고를 통과해서 가거든요. 잘 알지 않습니까."

하고 정임의 허리를 안으며,

"그렇지이?"

하고 자신 있는 듯이 웃는다.

"또 몽고로도 못 가게 되어서 구라파를 돌게 되면?"

하고 나는 교사가 생도에게 묻는 모양으로 물었다.

"네, 저 인도양으로 해서 지중해로 해서 프랑스로 해서 그렇게 가지요."

"허, 잘 아는구나."

하고 나는 웃었다.

"그렇게만 알아요? 또 해삼위(블라디보스토크)로 해서 가는 길도 알아요. 저희를 어린애로 아시네."

"잘못했소."

"하하."

"후후."

사실 그들은 벌써 어린애들은 아니었다. 순임도 벌써 그 아버지의 말할 수 없는 사정에 동정할 나이가 되었다. 순임이 기어다닌 것을 본 나로는 이것도 이상하게 보였다. 나는 벌써 나이 많았구나 하는 생각이 나지 아니할 수 없었다.

나는 잠 안 드는 하룻밤을 지내면서 옆방에서 정임이 기침을 짓는 소리를 들었다. 그 소리는 내 가슴을 아프게 하였다.

이튿날 나는 두 사람에게 돈 천 원을 주어서 신경 가는 급행차를 태워 주었다. 대륙의 이 건조하고 추운 기후에 정임의 병든 폐가 견디어 날까 하고 마음이 놓이지 아니하였다.

그러나 나는 그들을 가라고 권할 수는 있어도 가지 말라고 붙들 수는 없었다. 다만 제 아버지, 제 애인을 죽기 전에 만날 수 있기만 빌 뿐이었다.

나는 두 아이를 북쪽으로 떠나보내고 혼자 여관에 들어와서 도무지 정신을 진정하지 못하여 술을 먹고 잊으려 하였다. 그러다가 그날 밤차로 서울로 돌아왔다.

이튿날 아침에 나는 최석 부인을 찾아서 순임과 정임이 시베리아로 갔단 말을 전하였다.

그때에 최 부인은 거의 아무 정신이 없는 듯하였다. 아무 말도 하지 아니하고 울고만 있었다.

얼마 있다가 부인은,

"그것들이 저희들끼리 가서 괜찮을까요?"

하는 한마디를 할 뿐이었다.

며칠 후에 순임에게서 편지가 왔다. 그것은 하얼빈에서 부친 것이었다.

하얼빈을 오늘 떠납니다. 하얼빈에 와서 아버지 친구 되시는 R 소장을 만나 뵈옵고 아버지 일을 물어보았습니다.

그리고 저희 둘이서 찾아 떠났다는 말씀을 하였더니 R 소장이 대단히 동정하여서 여행권도 준비해 주시기로, 저희는 아버지를 찾아서 오늘 오후 모스크바 가는 급행으로 떠납니다.

가다가 F 역에 내리기는 어려울 듯합니다. 정임의 건강이 대단히 좋지 못합니다. 일기가 갑자기 추워지는 관계인지 정임의 신열이 오후면 삼십팔 도를 넘고 기침도 대단합니다.

저는 염려가 되어서 정임이더러 하얼빈에서 입원하여 조리를 하라고 권하였지마는 도무지 듣지를 아니합니다. 어디까지든지 가는 대로 가다가 더 못 가게 되면 그곳에서 죽는다고 합니다. 저는 그동안 며칠 정임과 같이 있는 중에 정임이 어떻게 아름답고 높고 굳세게 깨끗한 여자인 것을 발견하였습니다. 저는 지금까지 정임을 몰라본 것을 부끄럽게 생각합니다. 그리고 또 제 아버지께서 어떻게 갸륵한 어른이신 것을 인제야 깨달았습니다.

자식 된 저까지도 아버지와 정임과의 관계를 의심하였습니다. 의심하는 것보다는 세상에서 말하는 대로 믿고 있었습니다.

그러나 정임을 만나 보고 정임의 말을 듣고 아버지께서 선생님께 드린 편지가 모두 참인 것을 깨달았습니다. 아버지께서는 친구의 의지 없는 딸인 정임을 당신의 친혈육인 저와 꼭 같이 사랑하려고 하신 것이었습니다. 그것이 얼마나 갸륵한 일입니까. 그런데 제 어머니와 저는 그 갸륵하신 정신을 몰라보고 오해하였습니다. 어머니는 질투하시고 저는 시기하였습니다. 이것이 얼마나 아버지를, 그렇게 갸륵하신 아버지를 몰라 뵈온 것입니까. 이것이 얼마나 부끄럽고 원통한 일입니까.

선생님께서도 여러 번 아버지의 인격이 높다는 것을 저희 모녀에게 설명해 주셨습니다마는, 마음이 막힌 저는 선생님의 말씀도 믿지 아니하였습니다.

선생님, 정임은 참으로 아버지를 사랑합니다. 정임에게는 이 세상에 아버지밖에는 사랑하는 아무것도 없이, 그렇게 외곬으로, 그렇게 열렬하게 아버지를 사모하고 사랑합니다. 저는 잘 압니다. 정임이 처음에는 아버지로 사랑하였던 것을, 그러나 어느새 아버지에 대한 사랑이 무엇인지 모를 사랑으로 변한 것을. 그것이 연애냐 하고 물으면 정임은 아니라고 할 것입니다.

정임의 그 대답은 결코 거짓이 아닙니다. 정임은 숙성하지마는 아직도 극히 순결합니다. 정임은 부모를 잃은 후에 아버지밖에 사랑한 사람이 없습니다. 또 아버지에게밖에 사랑받던 일도 없습니다. 그러니깐 정임은 아버지를 그저 사랑합니다. 전적으로 사랑합니다.

선생님, 정임의 사랑에는 아버지에 대한 자식의 사랑, 오라비에 대한 누이의 사랑, 사내 친구에 대한 여자 친구의 사랑, 애인에 대한 애인의 사랑, 이 밖에 존경하고 숭배하는 선생에 대한 제자의 사랑까지, 사랑의 모든 종류가 포함되어 있는 것을 저는 발견하였습니다.

선생님, 정임의 정상은 차마 볼 수가 없습니다. 아버지의 안부를 근심하는 양은 제 몇 십 배나 되는지 모르게 간절합니다. 정임은 저 때문에 아버지가 불행하게 되셨다고 해서 차마 볼 수 없게 애통해하고 있습니다.

진정을 말씀하오면, 저는 지금 아버지보다도 어머니보다도 정임에게 가장 동정이 끌립니다.

선생님, 저는 아버지를 찾아가는 것이 아니라 정임을 돕기 위하여 간호하기 위하여 가는 것 같습니다.

선생님, 저는 아직 사랑이란 것이 무엇인지를 모릅니다. 그러나 정임을 보고 사랑이란 것이 어떻게 신비하고 열렬하고 놀라운 것인가를 안 것 같습니다.

순임의 편지는 계속된다.

선생님, 하얼빈에 오는 길에 송화강 굽이를 볼 때에는 정임이 어떻게나 울었는지, 그것은 차마 볼 수가 없었습니다. 아버지께서 송화강을 보시고 감상이 깊으셨더란 것을 생각한 것입니다. 무인지경으로, 허옇게 눈이 덮인 벌판으로 흘러가는 송화강 굽이, 그것은 슬픈 풍경입니다.

아버지께서 여기를 지나실 때에는 마른풀만 있는 광야였을 것이니 그때에는 더욱 황량하였을 것이라고 정임은 말하고 웁니다.

정임은 제가 아버지를 아는 것보다 아버지를 잘 아는 것 같습니다. 평소에 아버지와는 그리 접촉이 없건마는 정임은 아버지의 의지력, 아버지의 숨은 열정, 아버지의 성미까지 잘 압니다.

저는 정임의 말을 듣고야 비로소 참 그래, 하는 감탄을 발한 일이 여러 번 있습니다.

정임의 말을 듣고야 비로소 아버지가 남보다 뛰어나신 인물인 것을 깨달았습니다. 아버지는 정의감이 굳세고 겉으로는 싸늘하도록 이지적이지마는 속에는 불같은 열정이 있으시고, 아버지는 쇠 같은 의지력과 칼날 같은 판단력이 있어서 언제나 주저하심이 없고 또 흔들리심이 없다는 것, 아버지께서는 모든 것을 용서하고 모든 것을 호의로 해석하여서 누구를 미워하거나 원망하심이 없는 등, 정임은 아버지의 마음의 목록과 설명서를 따로 외우는 것처럼 아버지의 성격을 설명합니다.

듣고 보아서 비로소 아버지의 딸인 저는 내 아버지가 어떤 아버지인가를 알았습니다.

선생님, 이해가 사랑을 낳는단 말씀이 있지마는 저는 정임을 보아서 사랑이 이해를 낳는 것이 아닌가 합니다.

어쩌면 어머니와 저는 평생 아버지를 모시고 있으면서도 아버지를 몰랐습니다. 이성이 무디고 양심이 흐려서 그랬습니다.

정임은 진실로 존경할 만한 여자입니다. 제가 남자라 하더라도 정임을 아니 사랑하고는 못 견디겠습니다.

아버지는 분명 정임을 사랑하신 것입니다. 처음에는 친구의 딸로, 다음에는 친딸과 같이, 또 다음에는 무엇인지 모르게 뜨거운 사랑이 생겼으리라고 믿습니다.

그것을 아버지는 죽인 것입니다. 그것을 죽이려고 이 달할 수 없는 사랑을 죽이려고 시베리아로 달아나신 것입니다.

인제야 아버지께서 선생님께 하신 편지의 뜻이 알아진 것 같습니다. 백설이 덮인 시베리아의 삼림 속으로 혼자 헤매며 정임에게로 향하는 사랑을 죽이려고 무진 애를 쓰시는 그 심정이 알아지는 것 같습니다.

선생님, 이것이 얼마나 비참한 일입니까. 저는 정임의 짐에 지니고 온 일기를 보다가 이러한 구절을 발견하였습니다.

'선생님, 저는 세인트 오거스틴의 《참회록》을 절반이나 다 보고 나도 잠이 들지 아니합니다. 잠이 들기 전에 제가 항상 즐겨하는 '아베마리아'의 노래를 유성기로 듣고 나서 오늘 일기를 쓰려고 하니 슬픈 소리만 나옵니다.

사랑하는 어른이여, 저는 멀리서 당신을 존경하고 신뢰하는 마음에서만 살아야 할 것을 잘 압니다. 여기에서 영원한 정지를 하지 아니하면 아니 됩니다. 비록 제 생명이 괴로움으로 끊어지고 제 혼이 피어 보지 못하고 스러져 버리더라도 저는 이 멀리서 바라보는 존경과 신뢰의 심경에서 한 발자국이라도 옮기지 않아야 할 것을 잘 압니다.

나를 위하여 놓여진 생의 궤도는 나의 생명을 부인하는 억지의 길입니다.

제가 몇 년 전 기숙사 베드에서 이런 밤에 내다보면 즐겁고 아름답던 내 생의 꿈은 다 깨어졌습니다.

제 영혼의 한 조각이 먼 세상 알지 못할 세계로 떠다니고 있습니다. 잃어버린 마음 조각이 어찌하다가 제가 이렇게 되었는지 모릅니다.

피어오르는 생명의 광채를 스스로 사형에 처하지 아니하면 아니 될 때 어찌 슬픔이 없겠습니까. 이것은 현실로 사람의 생명을 죽이는 것보다 더 무서운 죄가 아니오리까.

나의 세계에서 처음이요 마지막으로 발견한 빛을 어둠 속에 소멸해 버리라는 이 일이 얼마나 떨리는 직무오리까.

이 허깨비의 형의 사람이 살기 위하여 내 손으로 칼을 들어 내 영혼의 환희를 쳐야 옳습니까. 저는 하느님을 원망합니다.'

이렇게 씌어 있습니다. 선생님 이것이 얼마나 피 흐르는 고백입니까.

선생님, 저는 정임의 이 고백을 보고 무조건으로 정임의 사랑을 시인합니다.

선생님, 제 목숨을 바쳐서 하는 일에 누가 시비를 하겠습니까. 더구나 그 동기에 티끌만큼도 불순한 것이 없음에야 무조건으로 시인하지 아니하고 어찌합니까.

바라기는 정임의 병이 크게 되지 아니하고 아버지께서 무사히 계셔서 속히 만나 뵙게 되는 것입니다마는, 앞길이 망망하여 가슴이 두근거림을 금치 못합니다.

게다가 오늘은 함박눈이 퍼부어서 천지가 온통 회색으로 한 빛이 되었으니 더욱 전도가 막막합니다. 그러나 선생님, 저는 앓는 정임을 데리고 용감하게 시베리아 길을 떠납니다.

한 일 주일 후에 또 편지 한 장이 왔다. 그것도 순임의 편지여서 이러한 말이 있었다.

'……오늘 새벽에 흥안령을 지났습니다. 플랫폼의 한란계는 영하 이십삼 도를 가리켰습니다. 사람들의 얼굴은 솜털에 성에가 슬어서 남녀노소 할 것 없이 하얗게 분을 바른 것 같습니다. 유리에 비친 내 얼굴도 그와 같이 흰 것을 보고 놀랐습니다.

숨을 들이쉴 때에는 코털이 얼어서 숨이 끊기고 바람결이 지나가면 눈물이 얼어서 눈썹이 마주 붙습니다. 사람들은 털과 가죽에 싸여서 곰같이 보입니다.'

또 이런 말도 있었다.

'아라사 계집애들이 우유병들을 품에 품고 서서 손님이 사기를 기다리고 있습니다. 저도 두 병을 사서 정임이와 나누어 먹었습니다.

우유는 따뜻합니다. 그것을 식히지 아니할 양으로 품에 품고 섰던 것입니다.'

또 이러한 구절도 있었다.

'정거장에 닿을 때마다 저희들은 밖을 내다봅니다. 행여나 아버지가 거기 계시지나 아니할까 하고요. 차가 어길 때에는 더구나 마음이 조입니다. 아버지가 그 차를 타고 지나가시지나 아니하는가 하고요. 그리고는 정임은 웁니다. 꼭 뵈올 어른을 놓쳐나 버린 듯이.'

그리고는 이 주일 동안 소식이 없다가 편지 한 장이 왔다.

그것은 정임의 글씨였다.

'선생님, 저는 지금 최 선생께서 계시던 바이칼 호반의 그 집에 와서 홀로 누웠습니다.

순임 형은 주인 노파와 함께 F 역으로 최 선생을 찾아서 오늘 아침에 떠나고 병든 저만 혼자 누워서 얼음에 싸인 바이칼 호의 눈보라치는 바람 소리를 듣고 있습니다.

열은 삼십팔도로부터 구도 사이를 오르내리고 기침은 나고 몸의 괴로움을 견딜 수 없습니다.

그러하오나 선생님, 저는 하느님을 불러서 축원합니다. 이 실낱같은 생명이 다 타 버리기 전에 최 선생의 낯을 다만 일 초 동안이라도 보여지이라고.

그러하오나 선생님, 이 축원이 이루어지겠습니까.

저는 한사코 F 역까지 가려 하였사오나, 순임 형이 울고 막사오며 또 주인 노파가 본래 미국 사람과 살던 사람으로 영어를 알아서 순임 형의 도움이 되겠기로 저는 이곳에 누워 있습니다.

순임 형은 기어코 아버지를 찾아 모시고 오마고 약속하였사오나, 이 넓은 시베리아에서 어디 가서 찾겠습니까.

선생님, 저는 죽음을 봅니다. 죽음이 바로 제 앞에 와서 선 것을 봅니다. 그 손은 제 여윈 손을 잡으려고 들먹거림을 봅니다.

선생님, 죽은 뒤에도 의식이 남습니까. 만일 의식이 남는다 하면 죽은 뒤에도 이 아픔과 괴로움을 계속하지 아니하면 아니 됩니까. 죽은 뒤에는 오직 영원한 어둠과 잊어버림이 있습니까. 죽은 뒤에는 혹시나 생전에 먹었던 마음을 자유로 펼 도리가 있습니까. 이 세상에서 그립고 사모하던 이를 죽은 뒤에는 자유로 만나 보고 언제나 마음껏 같이할 수가 있습니까. 그런 일도 있습니까.

이런 일을 바라는 것도 죄가 됩니까.'

정임의 편지는 더욱 절망적인 어조로 찬다.

'저는 처음 병이 났을 때에는 죽는 것이 싫고 무서웠습니다. 그러나 지금은 죽는 것이 조금도 무섭지 아니합니다. 다만 차마 죽지 못하는 것이 한.'

하고는 '다만 차마' 이하를 박박 지워 버렸다.

그리고는 새로 시작하여 나와 내 가족에게 대한 문안을 하고는 끝을 맺었다.

나는 이 편지를 받고 울었다. 무슨 큰 비극이 가까운 것을 예

214

상하게 하였다.

그 후 한 십여 일이나 지나서 전보가 왔다. 그것은 영문으로 씌었는데,

'아버지 병이 급함. 나로는 어쩔 수 없음. 돈 가지고 곧 오기를 바람.'
하고 그 끝에 B 호텔이라고 주소를 적었다.

전보 발신국이 이르쿠츠크인 것을 보니 B 호텔이라 함은 이르쿠츠크인 것이 분명하였다.

나는 최석 부인에게 최석이 아직 살아 있다는 것을 전하고 곧 여행권 수속을 하였다. 절망으로 알았던 여행권은 사정이 사정인 만큼 곧 발부되었다.

나는 비행기로 여의도를 떠났다. 백설에 개개한 땅을, 남빛으로 푸른 바다를 굽어보는 동안에 대련을 들러 거기서 다른 비행기를 갈아타고 봉천, 신경, 하얼빈을 거쳐 치치하얼에 들렀다가 만주리로 급행하였다.

웅대한 대륙의 설경도 나에게 아무러한 인상을 주지 못하였다. 다만 푸른 하늘과 희고 평평한 땅과의 사이로 한량없이 허공을 날아간다는 생각밖에 없었다.

그것은 사랑하는 두 친구가 목숨이 경각에 달린 것을 생각할 때에 마음에 아무 여유도 없는 까닭이었다.

만주리에서도 비행기를 타려 하였으나 소비에트 관헌이 허락을 아니하여 열차로 갈 수밖에 없었다.

초조한 몇 밤을 지나고 이르쿠츠크에 내린 것이 오전 두 시. 나는 B 호텔로 이스보스치카라는 마차를 몰았다.

죽음과 같이 고요하게 눈 속에 자는 시간에는 여기저기 전등이 반짝거릴 뿐, 이따금 밤의 시가를 경계하는 병정들의 눈이 무섭게 빛나는 것이 보였다.

B 호텔에서 미스 초이(최 양)를 찾았으나 순임은 없고 어떤 서양 노파가 나와서,

"유 미스터 Y?"

하고 의심스러운 눈으로 나를 보았다.

그렇다는 내 대답을 듣고는 노파는 반갑게 손을 내밀어서 내 손을 잡았다.

나는 넉넉하지 못한 영어로 그 노파에게서 최석이 아직 살았다는 말과, 정임의 소식은 들은 지 오래라는 말과, 최석과 순임은 여기서 삼십 마일이나 떨어진 F 역에서도 썰매로 더 가는 삼림 속에 있다는 말을 들었다.

나는 그 밤을 여기서 지내고 이튿날 아침에 떠나는 완행차로 그 노파와 함께 이르쿠츠크를 떠났다.

이날도 천지는 오직 눈뿐이었다. 차는 가끔 삼림 중으로 가는

모양이나 모두 회색빛에 가려져서 분명히 보이지를 아니하였다. F 역이라는 것은 삼림 속에 있는 조그마한 정거장으로, 집이라고는 정거장 집밖에 없었다. 역부 두엇이 털옷에 하얗게 눈을 뒤쓰고 졸리는 듯이 오락가락할 뿐이었다.

우리는 썰매 하나를 얻어 타고 어디가 길인지 분명치도 아니한 눈 속으로 말을 몰았다.

바람은 없는 듯하지마는 그래도 눈발을 한편으로 비끼는 모양이어서 아름드리나무들의 한쪽은 하얗게 눈으로 쌓이고 한쪽은 검은 빛이 더욱 돋보였다. 백 척은 넘을 듯한 꼿꼿한 침엽수 ─ 전나무 따윈가 ─ 들이 어디까지든지, 하늘에서 곧 내리박은 못 모양으로 수없이 서 있는 사이로 우리 썰매는 간다.

땅에 덮인 눈은 새로 피워 놓은 솜같이 희지마는 하늘에서 내리는 눈은 구름 빛과 공기 빛과 어울려서 밥 잦힐 때에 굴뚝에서 나오는 연기와 같이 연회색이다.

바람도 불지 아니하고 새도 날지 아니하건마는 나무 높은 가지에 쌓인 눈이 이따금 덩치로 떨어져서는 고요한 수풀 속에 작은 동요를 일으킨다.

우리 썰매가 가는 길이 자연스러운 복잡한 커브를 도는 것을 보면 필시 얼음 언 개천 위로 달리는 모양이었다.

한 시간이나 달린 뒤에 우리 썰매는 늦은 경사지를 올랐다.

말을 어거하는 아라사 사람은 '쭈쭈쭈쭈, 후르르' 하고 주문을
외우듯이 입으로 말을 재촉하고 고삐를 이리 들고 저리 들어 말
에게 방향을 가리킬 뿐이요, 채찍은 보이기만 하고 한 번도 쓰
지 아니하였다. 그와 말과는 완전히 뜻과 정이 맞는 동지인 듯
하였다.

처음에는 몰랐으나 차차 추워짐을 깨달았다. 발과 무르팍이
시렸다.

"얼마나 머오?"

하고 나는 오래간만에 입을 열어서 노파에게 물었다.

노파는 털수건으로 머리를 싸매고 깊숙한 눈만 남겨 가지고
실신한 사람 모양으로 허공만 바라보고 있다가, 내가 묻는 말에
비로소 잠이나 깬 듯이,

"멀지 않소. 인젠 한 십오 마일."

하고는 나를 바라보았다. 그 눈은 아마 웃는 모양이었다.

그 얼굴, 그 눈, 그 음성이 모두 이 노파가 인생 풍파의 슬픈
일 괴로운 일에 부대끼고 지친 것을 표하였다. 그리고 죽는 날
까지 살아간다 하는 듯하였다.

경사지를 올라서서 보니 그것은 한 산등성이였다. 방향은 알
수 없으나 우리가 가는 방향에는 더 높은 등성이가 있는 모양이
나 다른 곳은 다 이보다 낮은 것 같아서 하얀 눈 바다가 끝없이

보이는 듯하였다.

그 눈보라는 들쑥날쑥이 있는 것을 보면 삼림의 꼭대기인 것이 분명하였다. 더구나 여기저기 뾰족뾰족 눈송이 붙을 수 없는 마른 나뭇가지가 거뭇거뭇 보이는 것을 보아서 그러하였다.

만일 눈이 걷혀 주었으면 얼마나 안계가 넓으랴, 최석 군이 고민하는 가슴을 안고 이리로 헤매었구나 하면서 나는 목을 둘러서 사방을 바라보았다.

우리는 그 등성이를 내려갔다. 말이 미처 발을 땅에 놓을 수가 없을 정도로 빨리 내려갔다. 여기는 산불이 났던 자리인 듯하여 거뭇거뭇 불탄 자국 있는 마른 나무들이 드문드문 서 있었다. 그 나무들은 찍어 가는 사람도 없으매 저절로 썩어서 없어지기를 기다릴 수밖에 없었다. 그들은 나서 아주 썩어 버리기까지 천 년 이상은 걸린다고 하니 또한 장한 일이다.

이 대삼림에 불이 붙는다 하면 그것은 장관일 것이다. 달밤에 높은 곳에서 이 경치를 내려다본다 하면 그도 장관일 것이요, 여름에 한창 기운을 펼 때도 장관일 것이다.

나는 오뉴월경에 시베리아를 여행하는 이들이 끝없는 꽃 바다를 보았다는 기록을 생각하였다.

"저기요!"

하는 노파의 말에 나는 생각의 줄을 끊었다.

저기라고 가리키는 곳을 보니 거기에 집이라고 생각되는 물건이 나무 사이로 보였다. 창이 있으니 분명 집이었다.

우리 이스보스치카가 가까이 오는 것을 보았는지, 그 집 같은 물건의 문 같은 것이 열리며 검은 외투 입은 여자 하나가 팔을 허우적거리며 뛰어나온다. 아마 소리도 치는 모양이겠지마는 그 소리는 아니 들렸다.

나는 그것이 순임인 줄을 얼른 알았다. 또 순임이밖에 될 사람도 없었다.

순임은 한참 달음박질로 오다가 눈이 깊어서 걸음을 걷기가 힘이 드는지 멈칫 섰다. 그의 검은 외투는 어느덧 흰 점으로 얼려져 가지고 어깨는 희게 되는 것이 보였다.

순임의 갸름한 얼굴이 보였다.

"선생님!"

하고 순임도 나를 알아보고는 또 팔을 허우적거리며 소리를 질렀다.

나도 반가워서 모자를 벗어 둘렀다.

"아이, 선생님!"

하고 순임은 내가 썰매에서 일어서기도 전에 내게 와서 매달리며 울었다.

"아버지 어떠시냐?"

하고 나는 순임의 등을 두드렸다.

나는 다리가 마비가 되어서 곧 일어설 수가 없었다.

"아버지 어떠시냐?"

하고 나는 한 번 더 물었다.

순임은 벌떡 일어나 두 주먹으로 흐르는 눈물을 쳐내 버리며,

"대단하셔요."

하고도 울음을 금치 못하였다.

노파는 벌써 썰매에서 내려서 기운 없는 걸음으로 비틀비틀 걷기를 시작하였다.

나는 순임을 따라서 언덕을 오르며,

"그래 무슨 병환이시냐?"

하고 물었다.

"몰라요. 신열이 대단하셔요."

"정신은 차리시든?"

"처음 제가 여기 왔을 적에는 그렇지 않더니, 요새에는 가끔 혼수상태에 빠지시는 모양이야요."

이만한 지식을 가지고, 나는 최석이 누워 있는 집 앞에 다다랐다.

이 집은 통나무를 댓 개 우물 정자로 가로놓고 지붕은 무엇으로 했는지 모르나 눈이 덮이고, 문 하나 창 하나를 내었는데 문

은 나무껍질인 모양이나 창은 젖빛 나는 유리창인 줄 알았더니 뒤에 알아본즉 그것은 유리가 아니요, 양목을 바르고 물을 뿜어서 얼려 놓은 것이었다. 그리고 통나무와 통나무 틈바구니에는 쇠털과 같은 마른 풀을 꼭꼭 박아서 바람을 막았다.

문을 열고 들어서니 부엌에 들어서는 모양으로 쑥 빠졌는데 화끈화끈하는 것이 한증과 같다. 그렇지 않아도 침침한 날에 언 눈으로 광선 부족한 방에 들어오니, 캄캄 절벽이어서 아무것도 보이지 아니하였다.

순임이 앞서서 양초에 불을 켰다. 촛불 빛은 방 한편 쪽 침대라고 할 만한 높은 곳에 담요를 덮고 누운 최석의 시체와 같은 흰 얼굴을 비추었다.

"아버지, 아버지 샌전 아저씨 오셨어요."

하고 순임은 최석의 귀에 입을 대고 가만히 불렀다.

그러나 대답이 없었다.

나는 최석의 이마를 만져 보았다. 축축하게 땀이 흘렀다. 그러나 그리 더운 줄은 몰랐다.

방 안의 공기는 숨이 막힐 듯하였다. 그 난방 장치는 삼굿의 원리를 이용한 것이었다. 돌멩이로 아궁이를 쌓고 그 위에 큰 돌멩이들을 많이 쌓고 거기다가 불을 때어서 달게 한 뒤에 거기 눈을 부어 뜨거운 증기를 발하는 것이다.

이 건축법은 조선 동포들이 시베리아로 금광을 찾아다니면서 하는 법이란 말을 들었으나, 최석이 누구에게서 배워 가지고 어떤 모양으로 지었는지는 최석의 말을 듣기 전에는 알 수 없는 일이다.

나는 내 힘이 미치는 데까지 최석의 병 치료에 대한 손을 쓰고 어떻게 해서든지 이르쿠츠크의 병원으로 최석을 데려다가 입원시킬 도리를 궁리하였다. 그러나 냉정하게 생각하면 최석은 살아날 가망이 없는 것만 같았다.

내가 간 지 사흘 만에 최석은 처음으로 정신을 차려서 눈을 뜨고 나를 알아보았다.

그는 반가운 표정을 하고 빙그레 웃기까지 하였다.

"다 일없나?"

이런 말도 알아들을 수가 있었다.

그러나 심히 기운이 없는 모양이기로 나는 말을 많이 하지 아니하였다.

최석은 한참이나 눈을 감고 있더니,

"정임이 소식 들었나?"

하였다.

"괜찮대요."

하고 곁에서 순임이 말하였다.

그리고는 또 혼몽하는 듯하였다.

그날 또 한 번 최석은 정신을 차리고, 순임더러는 저리로 가라는 뜻을 표하고 나더러 귀를 가까이 대라는 뜻을 보이기로 그대로 하였더니,

"내 가방 속에 일기가 있으니 그걸 자네만 보고는 불살라 버려. 내가 죽은 뒤에라도 그것이 세상 사람의 눈에 들면 안 되지. 순임이 볼까 걱정이 되지마는 내가 몸을 꼼짝할 수가 있나."
하는 뜻을 말하였다.

"그러지."
하고 나는 고개를 끄덕여 보였다.

그리고 난 뒤에 나는 최석이 시킨 대로 가방을 열고 책들을 뒤져서 그 일기책이라는 공책을 꺼내었다.

"순임이 너 이거 보았니?"
하고 나는 곁에서 내가 책 찾는 것을 보고 서 있던 순임에게 물었다.

"아니오. 그게 무어여요?"
하고 순임은 내 손에 든 책을 빼앗으려는 듯이 손을 내밀었다.

나는 순임의 손이 닿지 않도록 책을 한편으로 비키며,

"이것이 네 아버지 일기인 모양인데 너에게는 보이지 말고 나만 보라고 하셨다. 네 아버지가 네가 이것을 보았을까 해서 염

려를 하시는데 안 보았으면 다행이다."

하고 나는 그 책을 들고 밖으로 나왔다.

날이 밝다. 해는 중천에 있다. 중천이래야 저 남쪽 지평선 가까운 데다. 밤이 열여덟 시간, 낮이 대여섯 시간밖에 안 되는 북쪽 나라다. 멀건 햇빛이다.

나는 볕이 잘 드는 곳을 골라서 나무에 몸을 기대고 최석의 일기를 읽기 시작하였다. 읽은 중에서 몇 구절을 골라 볼까.

'집이 다 되었다. 이 집은 내가 생전 살고 그 속에서 이 세상을 마칠 집이다. 마음이 기쁘다. 시끄러운 세상은 여기서 멀지 아니하다. 내가 여기 홀로 있기로 누가 찾을 사람도 없을 것이다. 내가 여기서 죽기로 누가 슬퍼해 줄 사람도 없을 것이다. 때로 곰이나 찾아올까. 지나가던 사슴이나 들여다볼까.

이것이 내 소원이 아니냐. 세상의 시끄러움을 떠나는 것이 내 소원이 아니냐. 이 속에서 나는 나를 이기기를 공부하자.'

첫날은 이런 평범한 소리를 썼다.

그 이튿날에는.

'어떻게나 나는 약한 사람인고. 제 마음을 제가 지배하지 못하는 사람인고.

밤새도록 나는 정임을 생각하였다. 어두운 허공을 향하여 정임을 불렀다.

정임이 나를 찾아서 동경을 떠나서 이리로 오지나 아니하나 하고 생각하였다.

어떻게나 부끄러운 일인고? 어떻게나 가증한 일인고?

나는 아내를 생각하려 하였다. 아이들을 생각하려 하였다. 아내와 아이들을 생각함으로 정임의 생각을 이기려 하였다.

최석아, 너는 남편이 아니냐. 아버지가 아니냐. 정임은 네 딸이 아니냐. 이런 생각을 하였다.

그래도 정임의 일루전은 아내와 아이들의 생각을 밀치고 달려오는 절대 위력을 가진 듯하였다.

아, 나는 어떻게나 파렴치한 사람인고. 나이 사십이 넘어 오십을 바라보는 놈이 아니냐. 사십에 불혹이라고 아니하느냐. 교육가로 깨끗한 교인으로 일생을 살아왔다고 자처하는 내가 아니냐 하고, 나는 내 입으로 내 손가락을 물어서 두 군데나 피를 내었다.'

최석의 둘째 날 일기는 계속된다.

'내 손가락에서 피가 날 때에 나는 유쾌하였다. 나는 승첩의 기쁨을 깨달았다. 그러나 아아 그러나 그 빨간, 참회의 핏방울 속에서도 애욕의 불길이 일지 아니하는가. 나는 마침내 제도할 수 없는 인생인가.'

이 집에 든 지 둘째 날에 벌써 이러한 비관적 말을 하였다.

또 며칠을 지난 뒤 일기에,

'나는 동경으로 돌아가고 싶다. 정임의 곁으로 가고 싶다.

시베리아의 광야의 유혹도 아무 힘이 없다. 어젯밤은 삼림의 좋은 달을 보았으나 그 달을 아름답게 보려 하였으나 아무리 하여도 아름답게 보이지를 아니하였다.

하늘이나 달이나 삼림이나 모두 무의미한 존재다. 이처럼 무의미한 존재를 나는 경험한 일이 없다. 그것은 다만 기쁨을 자아내지 아니할뿐더러 슬픔도 자아내지 못하였다. 그것은 잿더미였다.

아무도 듣는 이 없는 데서 내 진정을 말하라면 그것은 이 천지에 내게 의미 있는 것은 정임이밖에 없다는 것이다.

나는 정임의 곁에 있고 싶다. 정임을 내 곁에 두고 싶다.

왜? 그것은 나도 모른다.

만일 이 움 속에라도 정임이 있다 하면 얼마나 이것이 즐거운 곳이 될까.

그러나 이것은 불가능한 일이다. 이 일이 있어서는 아니 된다. 나는 이 생각을 죽여야 한다. 다시 거두를 못하도록 목숨을 끊어 버려야 한다.

이것을 나는 원한다. 원하지마는 내게는 그런 힘이 없는 모양이다.

나는 종교를 생각하여 본다. 철학을 생각하여 본다. 인류를 생각하여 본다. 나라를 생각하여 본다. 이것을 가지고 내 애욕과 바꾸려고 애써 본다.

그렇지마는 내게 그러한 힘이 없다. 나는 완전히 헬플리스함을 깨닫는다.

아아, 나는 어찌할꼬?

나는 못생긴 사람이다. 그까짓 것을 못 이겨? 그까짓 것을 못 이겨?

나는 예수의 광야에서의 유혹을 생각한다. 천하를 주마하는 유혹을 생각한다. 나는 싯다르타 태자가 왕궁을 버리고 나온 것을 생각하고, 또 스토아 철학자의 의지력을 생각한다.

그러나 나는 그러한 생각으로도 이 생각을 이길 수가 없는 것 같다.

나는 혁명가를 생각한다. 모든 것, 사랑도 목숨도 다 헌신짝같이 집어던지고 피 흐르는 마당으로 뛰어나가는 용사를 생각한다.

나는 이 끝없는 삼림 속으로 혁명의 용사 모양으로 달음박질치다가 기운이 진한 곳에서 죽어 버리는 것이 소원이다.

그러나 거기까지도 이 생각은 따르지 아니할까.

나는 지금 곧 죽어 버릴까. 나는 육혈포를 손에 들어 본다. 이

방아쇠를 한 번만 튕기면 내 생명은 없어지는 것이 아닌가. 그리 되면 모든 이 마음의 움직임은 소멸되는 것이 아닌가. 이것으로 만사가 해결되는 것이 아닌가.

아, 하느님이시여, 힘을 주시옵소서. 천하를 이기는 힘보다도 나 자신을 이기는 힘을 주시옵소서. 이 죄인으로 하여금 하느님의 눈에 의롭고 깨끗한 사람으로 이 일생을 마치게 하여 주시옵소서.

이렇게 나는 기도를 한다.

그러나 하느님께서는 나를 버리셨다. 하느님께서는 내게 힘을 주시지 아니하시었다. 나를 이 비참한 자리에서 썩어져 죽게 하시었다.'

최석은 어떤 날 일기에 또 이런 것도 썼다. 그것은 예전 내게 보낸 편지에 있던 꿈 이야기를 연상시키는 것이었다.

그것은 이러하다.

'오늘 밤은 달이 좋다. 시베리아의 겨울 해는 참 못생긴 사람과도 같이 기운이 없지마는 하얀 땅, 검푸른 하늘에 저쪽 지평선을 향하고 흘러가는 반달은 참으로 맑음 그것이다.

나는 평생 처음 시 비슷한 것을 지었다.

임과 이별하던 날 밤에는 남쪽 나라에 바람비가 쳤네.

임 타신 자동차의 뒷불이 빨간 뒷불이 빗발에 찢겼네.

임 떠나 혼자 헤매는 시베리아의 오늘 밤에는

지려는 쪽달이 눈 덮인 삼림에 걸렸구나.

아아, 저 쪽달이여

억지로 반을 갈겨진 것도 같아라.

아아, 저 쪽달이여

잃어진 짝을 찾아

차디찬 허공 속을 영원히 헤매는 것도 같구나.

나도 저 달과 같이 잃어버린 반쪽을 찾아 무궁한 시간과 공간에서 헤매는 것만 같다.

에익. 내가 왜 이리 약한가. 어찌하여 크나큰 많은 일을 돌아보지 못하고 요만한 애욕의 포로가 되는가.

그러나 나는 차마 그 달을 버리고 들어올 수가 없었다. 내가 왜 이렇게 센티멘털하게 되었는고. 내 쇠 같은 의지력이 어디로 갔는고. 내 누를 수 없는 자존심이 어디로 갔는고.

나는 마치 유모의 손에 달린 젖먹이와도 같다. 내 일신은 도시 애욕 덩어리로 화해 버린 것 같다.

이른바 사랑, 사랑이란 말은 종교적 의미인 것 이외에는 입에 담기도 싫어하던 말이다.

이런 것은 내 의지력과 자존심을 녹였는가. 또 이 부자연한 고독의 생활이 나를 이렇게 내 인격을 이렇게 파괴하였는가.

그렇지 아니하면 내 자존심이라는 것이나, 의지력이라는 것이나, 인격이라는 것이 모두 세상의 습관과 사조에 휩쓸리던 것인가. 남들이 그러니까 남들이 옳다니까 남들이 무서우니까 이 애욕의 무덤에 회를 발랐던 것인가.

그러다가 고독과 반성의 기회를 얻으매 모든 회칠과 가면을 떼어 버리고 발가벗은 애욕의 뭉텅이가 나온 것인가.

그렇다 하면, 이것이 참된 나인가. 이것이 하느님께서 지어 주신 대로의 나인가. 가슴에 타오르는 애욕의 불길, 이 불길이 곧 내 영혼의 불길인가.

어쩌면 그 모든 높은 이상들, 인류에 대한, 민족에 대한, 도덕에 대한, 신앙에 대한 그 높은 이상들이 이렇게도 만만하게 마치 바람에 불리는 재 모양으로 자취도 없이 흩어져 버리고 말까. 그리고 그 뒤에는 평소에 그렇게도 미워하고 천히 여기던 애욕의 검은 흙만 남고 말까.

아아, 저 눈 덮인 땅이여, 차고 맑은 달이여, 허공이여! 나는 너희들을 부러워하노라.

불교도들의 해탈이라는 것이 이러한 애욕이 불붙는 지옥에서 눈과 같이 싸늘하고 허공과 같이 빈 곳으로 들어감을 이름하는 것인가.

석가의 팔 년간 설산 고행이 이 애욕의 뿌리를 끊으려 함이라
하고, 예수의 사십 일 광야의 고행과 겟세마네의 고민도 이 애
욕의 뿌리 때문이었던가.

그러나 그것을 이기어 낸 사람이 천지개벽 이래에 몇몇이나
되었는고? 나 같은 것이 그중에 한 사람 되기를 바랄 수가 있을
까. 나 같아서는 마침내 이 애욕의 불길에 다 타서 재가 되어 버
릴 것만 같다. 아아, 어떻게나 힘 있고 무서운 불길인고.'

이러한 고민의 자백도 있었다.

또 어떤 날 일기에는 최석은 이런 말을 썼다.

'나는 단연히 동경으로 돌아가기를 결심하였다.'

그리고는 그 이튿날은,

'나는 단연히 동경으로 돌아가리란 결심을 한 것을 굳세게 취
소한다. 나는 이러한 결심을 하는 나 자신을 굳세게 부인한다.'

또 이런 말도 있다.

'나는 정임을 시베리아로 부르련다.'

또 그다음에는,

'아아 나는 하루바삐 죽어야 한다. 이 목숨을 연장하였다가는
무슨 일을 저지를는지 모른다.

나는 깨끗하게 나를 이기는 도덕적 인격으로 이 일생을 마쳐

야 한다.

이 밖에 내 사업이 무엇이냐.'

또 어떤 곳에는,

'아아 무서운 하룻밤이었다. 나는 지난 하룻밤을 누를 수 없는 애욕의 불길에 탔다.

나는 내 주먹으로 내 가슴을 두드리고 머리를 벽에 부딪쳤다. 나는 주먹으로 담벽을 두드려 손등이 터져서 피가 흘렀다. 나는 내 머리카락을 쥐어뜯었다.

나는 수없이 발을 굴렀다. 나는 이 무서운 유혹을 이기려고 내 몸을 아프게 하였다.

나는 견디다 못하여 문을 박차고 뛰어나갔다.

밖에는 달이 있고 눈이 있었다. 그러나 눈은 핏빛이요, 달은 찌그러진 것 같았다.

나는 눈 속으로 달음박질쳤다. 달을 따라서 엎드러지며 자빠지며 달음질쳤다.

나는 소리를 질렀다. 나는 미친 사람 같았다.'

그러고는 어디까지 갔다가 어느 때에 어떠한 심경의 변화를 얻어 가지고 돌아왔다는 말은 쓰이지 아니하였으나, 최석의 병의 원인을 설명하는 것 같았다.

'열이 나고 기침이 난다. 가슴이 아프다.

이것이 폐렴이 되어서 혼자 깨끗하게 이 생명을 마치게 하여 주소서 하고 빈다.

　나는 오늘부터 먹고 마시기를 그치련다.'

　이러한 말을 썼다.

　그러고는,

　'정임, 정임, 정임, 정임.'

하고 정임의 이름을 수없이 쓴 것도 있고, 어떤 데는,

　'Overcome, Overcome.'

하고 영어로 쓴 것도 있었다.

　그리고 마지막에,

　'나는 죽음과 대면하였다. 사흘째 굶고 앓은 오늘에 나는 극히 맑고 침착한 정신으로 죽음과 대면하였다.

　죽음은 검은 옷을 입었으나 그 얼굴에는 자비의 표정이 있었다. 죽음은 곧 검은 옷을 입은 구원의 손이었다. 죽음은 아름다운 그림자였다. 죽음은 반가운 애인이요, 결코 무서운 원수가 아니었다.

　나는 죽음의 손을 잡노라. 감사하는 마음으로 죽음의 품에 안기노라. 아멘.'

　이것을 쓴 뒤에는 다시는 일기가 없었다.

　이것으로 최석이 그동안 지난 일을 적어도 심리적 변화만은

대강 추측할 수가 있었다.

다행히 최석의 병은 점점 나아지는 듯하였다. 열도 내리고 식은땀도 덜 흘렀다. 안 먹는다고 고집하던 음식도 먹기를 시작하였다.

정임에게로 갔던 노파에게서는 정임도 열이 내리고 일어나 앉을 만하다는 편지가 왔다.

나는 노파의 편지를 최석에게 읽어 주었다. 최석은 그 편지를 듣고 매우 흥분하는 모양이었으나 곧 안심하는 빛을 보였다.

나는 최석의 병이 돌리는 것을 보고 정임을 찾아볼 양으로 떠나려 하였으나 순임이 듣지 아니하였다. 혼자서 앓는 아버지를 맡아 가지고 있을 수는 없다는 것이었다.

그래서 노파가 오기를 기다리기로 하였다.

나는 최석이 먹을 음식도 살 겸 우편국에도 들를 겸 시가까지 가기로 하고 이곳 온 지 일 주일이나 지나서 처음으로 산에서 나왔다.

나는 이르쿠츠크에 가서 최석을 위하여 약품과 먹을 것을 사고, 또 순임을 위해서도 먹을 것과 의복과 또 하모니카와 손풍금도 사 가지고 정거장에 나와서 돌아올 차를 기다리고 있었다.

나는 순후해 보이는 아라사 사람들이 정거장에서 오락가락하는 것을 보고 속으로는 최석이 병이 좀 나은 것을 다행으로 생각하고, 또 최석과 정임의 장래가 어찌 될까 하는 것도 생각하면서 식당에서 뜨거운 차를 마시고 있었다.

이때에 밖을 바라보고 있던 내 눈은 문득 이상한 것을 보았다. 그것은 그 노파가 이리로 향하고 걸어오는 것인데, 그 노파와 팔을 걸은 젊은 여자가 있는 것이다.

머리를 검은 수건으로 싸매고 입과 코를 가렸으니 분명히 알 수 없으나 혹은 정임이나 아닌가 할 수밖에 없었다.

정임이 몸만 기동하게 되면 최석을 보러 올 것은 정임의 열정적인 성격으로 보아서 당연한 일이기 때문이었다.

나는 반쯤 먹던 차를 놓고 뷔페 밖으로 뛰어나갔다.

"오, 미시즈 체스터필드?"

하고 나는 노파 앞에 손을 내밀었다.

노파는 체스터필드라는 미국 남편의 성을 따라서 부르는 것을 기억하였다.

"선생님!"

하는 것은 정임이었다. 그 소리만은 변치 아니하였다.

나는 검은 장갑을 낀 정임의 손을 잡았다.

나는 여러 말 아니하고 노파와 정임을 식당으로 끌고 들어왔다. 식당의 늙은 보이는 번쩍번쩍하는 사모바르에서 차 두 잔을 따라다가 노파와 정임의 앞에 놓았다.

노파는 어린애에게 하는 모양으로 정임의 수건을 벗겨 주었다. 그 속에서는 해쓱하게 여윈 정임의 얼굴이 나왔다.

두 볼에 불그레하게 홍훈이 도는 것도 병 때문인가…….

"어때? 신열은 없나?"

하고 나는 정임에게 물었다.

"괜찮아요."

하고 정임은 웃으며,

"최 선생님께서는 어떠세요?"

하고 묻는다.

"좀 나으신 모양이야. 그래서 나는 오늘 정임을 좀 보러 가려고 했는데, 이 체스터필드 부인께서 아니 오시면 순임이 혼자 있을 수가 없다고 해서, 그래 이렇게 최 선생 자실 것을 사 가지고 가는 길이야."

하고 말을 하면서도 나는 정임의 눈과 입과 목에서 그의 병과 마음을 알아보려고 애를 썼다.

중병을 앓은 깐해서는 한 달 전 남대문서 볼 때보다 얼마 더 초췌한 것 같지는 아니하였다.

"네에."

하고 정임은 고개를 숙였다.

그의 안경알에는 이슬이 맺혔다.

"선생님 댁은 다 안녕하셔요?"

"응, 내가 떠날 때에는 괜찮았어."

"최 선생님 댁도?"

"응."

"선생님 퍽은 애를 쓰셨어요."

하고 정임은 울음인지 웃음인지 모를 웃음을 웃는다.

　말을 모르는 노파는 우리가 하는 말을 눈치나 채려는 듯이 멀거니 보고 있다가 서투른 영어로,

"아직 미스 남은 신열이 있답니다. 그래도 가 본다고, 죽어도 가 본다고 내 말을 안 듣고 따라왔지요."

하고 정임에게 애정 있는 눈 흘김을 주며,

"유 노티 차일드(말썽꾼이)."

하고 입을 썰룩하며 정임을 안경 위로 본다.

"니체워, 마뚜슈까(괜찮아요, 어머니)."

하고 정임은 노파를 보고 웃었다.

　정임의 서양 사람에게 대한 행동은 서양식으로 째었다고 생각하였다.

　정임은 도리어 유쾌한 빛을 보였다. 다만 그의 붉은빛 띤 눈과 마른 입술이 그의 몸에 열이 있음을 보였다. 나는 그의 손끝과 발끝이 싸늘하게 얼었을 것을 상상하였다.

마침 이날은 날이 온화하였다. 엷은 햇빛도 오늘은 두꺼워진 듯하였다.

우리 세 사람은 F 역에서 내려서 썰매 하나를 얻어 타고 산으로 향하였다. 산도 아니지마는 산 있는 나라에서 살던 우리는 최석이 사는 곳을 산이라고 부르는 습관을 지니고 있었다.

삼림이 있으니 산같이 생각된 까닭이었다.

노파가 오른편 끝에 앉고, 가운데다가 정임을 앉히고 왼편 끝에 내가 앉았다.

'쩟쩟쩟' 하는 소리에 말은 달리기 시작하였다. 한 필은 키 큰 말이요, 한 필은 키가 작은 말인데 키 큰 말은 아마 늙은 군마 퇴물인가 싶게 허우대는 좋으나 몸이 여위고 털에는 윤이 없었다.

조금만 올라가는 길이 되어도 고개를 숙이고 애를 썼다. 작은 말은 까불어서 가끔 채찍으로 얻어맞았다.

"아이, 삼림이 좋아요."

하고 정임은 정말 기쁜 듯이 나를 돌아보았다.

"좋아?"

하고 나는 멋없이 대꾸하고 나서, 후회되는 듯이,

"밤낮 삼림 속에서만 사니까 지루한데."

하는 말을 붙였다.

"저는 저 눈 있는 삼림 속으로 한정 없이 가고 싶어요. 그러나 저는 인제 기운이 없으니깐 웬걸 그래 보겠어요?"

하고 한숨을 쉬었다.

"왜 그런 소릴 해. 인제 나을걸."

하고 나는 정임의 눈을 들여다보았다. 마치 슬픈 눈물방울이나 찾으려는 듯이.

"제가 지금도 열이 삼십팔도가 넘습니다. 정신이 흐릿해지는 것을 보니까 아마 더 올라가나 봐요. 그래도 괜찮아요. 오늘 하루야 못 살라고요. 오늘 하루만 살면 괜찮아요. 최 선생님만 한번 뵙고 죽으면 괜찮아요."

"왜 그런 소릴 해?"

하고 나는 책망하는 듯이 언성을 높였다.

정임은 기침을 시작하였다. 한바탕 기침을 하고는 기운이 진한 듯이 노파에게 기대며 조선말로,

"추워요."

하였다.

이 여행이 어떻게 정임의 병에 좋지 못할 것은 의사가 아닌 나로도 짐작할 수가 있었다. 그러나 나로는 더 어찌할 수가 없었다.

나는 외투를 벗어서 정임에게 입혀 주고, 노파는 정임을 안아서 몸이 덜 흔들리도록 또 춥지 않도록 하였다.

나는 정임의 모양을 애처로워서 차마 볼 수가 없었다. 그러나 이것은 하느님밖에는 어찌할 도리가 없는 일이었다.

얼마를 지나서 정임은 갑자기 고개를 들고 일어나며,

"인제 몸이 좀 녹았습니다. 선생님 추우시겠어요. 이 외투 입으셔요."

하고 그의 입만 웃는 웃음을 웃었다.

"난 춥지 않아. 어서 입고 있어."

하고 나는 정임이 외투를 벗는 것을 막았다.

정임은 더 고집하려고도 아니하고,

"선생님, 시베리아의 삼림은 참 좋아요. 눈 덮인 것이 더 좋은 것 같아요. 저는 이 인적 없고 자유로운 삼림 속으로 헤매어 보고 싶어요."

하고 아까 하던 것과 같은 말을 또 하였다.

"며칠 잘 정양해서, 날이나 따뜻하거든 산보나 해 보지."

하고 나는 정임의 말뜻이 다른 데 있는 줄을 알면서도 부러 평범하게 대답하였다.

정임은 대답이 없었다.

"여기서도 아직 멀어요?"

하고 정임은 몸이 흔들리는 것을 심히 괴로워하는 모양으로 두 손을 자리에 짚어 몸을 버티면서 말하였다.

"고대야, 최 선생이 반가워할 터이지. 오죽이나 반갑겠나."
하고 나는 정임을 위로하는 뜻으로 말하였다.

"아이 참 미안해요. 제가 죄인이야요. 저 때문에 애매한 누명을 쓰시고 저렇게 사업도 버리시고 병환까지 나시니 저는 어떡허면 이 죄를 씻습니까?"
하고 정임은 눈물 고인 눈으로 나를 쳐다보았다.

나는 정임과 최석을 이 자유로운 시베리아의 삼림 속에 단둘이 살게 하고 싶었다.

그러나 최석은 살아나가겠지마는 정임이 살아날 수가 있을까, 하고 나는 정임의 어깨를 바라보았다.

그의 목숨은 실낱같은 것 같았다. 바람받이에 놓인 등잔불과 같은 것 같았다.

이 목숨이 끊어지기 전에 사랑하는 이의 얼굴을 한 번 대하겠다는 것밖에 아무 소원이 없는 정임은 참으로 가엾어서 가슴이 미어지는 것 같았다.

"염려 말어. 무슨 걱정이야? 최 선생도 병이 돌리고 정임도 인제 얼마 정양하면 나을 것 아닌가. 아무 염려 말아요."
하고 나는 더욱 최석과 정임과 두 사람의 사랑을 달하게 할 결심을 하였다.

하느님께서 계시다면 이 가엾은 간절한 두 사람의 마음을 가슴 미어지게 아니 생각할 리가 없다고 생각하였다.

우주의 모든 일 중에 정임의 정경보다 더 슬프고 불쌍한 정경이 또 있을까 하였다.

차디찬 눈으로 덮인 시베리아의 광야에 병든 정임의 사랑으로 타는 불똥과 같이 날아가는 이 정경은 인생이 가질 수 있는 최대의 비극인 것 같았다.

정임은 지쳐서 고개를 숙이고 있다가도 가끔 고개를 들어서는 기운 나는 양을 보이려고, 유쾌한 양을 보이려고 애를 썼다.

"저 나무 보셔요. 오백 년은 살았겠지요?"

이런 말도 하였다. 그러나 그것은 다 억지로 지어서 하는 것이었다. 그러다가는 또 기운이 지쳐서는 고개를 숙이고, 혹은 노파의 어깨에 혹은 내 어깨에 쓰러졌다.

마침내 우리가 향하고 가는 움집이 보였다.

"정임이, 저기야."

하고 나는 움집을 가리켰다.

"네에?"

하고 정임은 내 손가락 가는 곳을 보고 다음에는 내 얼굴을 보았다. 잘 보이지 않는 모양이다.

"저기 저것 말야. 저기 저 고작 큰 전나무 두 개가 있지 않아? 그 사이로 보이는 저, 저거 말야. 옳지 옳지, 순임이 지금 나오지

244

않아?"

하였다.

　순임이 무엇을 가지러 나오는지 문을 열고 나와서는 밥 짓느라고 지어 놓은, 이를테면 부엌에를 들어갔다가 나오는 길에 이쪽을 바라보다가 우리를 발견하였는지 몇 걸음 빨리 오다가는 서서 보고 오다가는 서서 보았다.

　그러다가 내가 모자를 내두르는 것을 보고야 우리 일행인 것을 확실히 알고 달음박질쳐서 나온다.

　우리 썰매를 만나자,

　"정임이야? 어쩌면 이 추운데."

하고 순임은 정임을 안고 그 안경으로 정임의 눈을 들여다본다.

　"어쩌면 앓으면서 이렇게 와?"

하고 순임은 노파와 나를 책망하는 듯이 돌아보았다.

　"아버지 어떠시냐?"

하고 나는 짐을 들고 앞서서 오면서 뒤따르는 순임에게 물었다.

　"아버지요?"

하고 순임은 어른에게 대한 경의를 표하노라고 내 곁에 와서 걸으며,

　"아버지께서 오늘은 말씀을 많이 하셨어요. 순임이 고생하는구나 고맙다, 이런 말씀도 하시고, 지금 같아서는 일어날 것도

같은데 기운이 없어서, 이런 말씀도 하시고, 또 선생님이 이르쿠츠크에를 들어가셨으니 무엇을 사 오실 듯싶으냐, 알아맞혀 보아라, 이런 농담도 하시고, 정임이 어떤가 한 번 보았으면, 이런 말씀도 하시겠지요. 또 순임아, 내가 죽더라도 정임을 네 친동생으로 알아서 부디 잘 사랑해 주어라, 정임은 불쌍한 애다, 참 정임은 불쌍해! 이런 말씀도 하시겠지요. 그렇게 여러 가지 말씀을 많이 하시더니, 순임아 내가 죽거든 선생님을 아버지로 알고 그 지도를 받아라, 그러시길래 제가 아버지 안 돌아가셔요! 그랬더니 아버지께서 웃으시면서, 죽지 말까, 하시고는 어째 가슴이 좀 거북한가, 하시더니 잠이 드셨어요. 한 시간이나 되었을까, 온."

집 앞에 거의 다 가서는 순임은 정임의 팔을 꼈던 것을 놓고 빨리 집으로 뛰어 들어갔다.

치마폭을 펄럭거리고 뛰는 양에는 어렸을 적 말괄량이 순임의 모습이 남아 있어서 나는 혼자 웃었다.

순임은 정임이 왔다는 기쁜 소식을 한 시각이라도 빨리 아버지께 전하고 싶었던 것이다.

"아버지, 주무시우? 정임이 왔어요. 정임이 왔습니다."
하고 부르는 소리가 밖에서도 들렸다.

나도 방에 들어서고, 정임도 뒤따라 들어서고, 노파는 부엌으로 물건을 두러 들어갔다.

　　방은 절벽같이 어두웠다.

　　"순임아, 불을 좀 켜려무나."

하고 최석의 얼굴을 찾느라고 눈을 크게 뜨고 고개를 숙이며,

　　"자나? 정임이 왔네."

하고 불렀다.

　　정임도 곁에 와서 선다.

　　최석은 대답이 없었다.

　　순임이 촛불을 켜자 최석의 얼굴이 환하게 보였다.

　　"여보게, 여봐. 자나?"

하고 나는 무서운 예감을 가지면서 최석의 어깨를 흔들었다.

　　그것이 무엇인지 모르지마는 최석의 시체라 하는 것을 나는 내 손을 통해서 깨달았다.

　　나는 깜짝 놀라서 이불을 벗기고 최석의 팔을 잡아 맥을 짚어 보았다. 거기는 맥이 없었다.

　　나는 최석의 자리옷 가슴을 헤치고 귀를 가슴에 대었다. 그 살은 얼음과 같이 차고 그 가슴은 고요하였다. 심장은 뛰기를 그친 것이었다.

　　나는 최석의 가슴에서 귀를 떼고 일어서면서,

　　"네 아버지는 돌아가셨다. 네 손으로 눈이나 감겨 드려라."

하였다. 내 눈에서는 눈물이 흘렀다.

"선생님!"

하고 정임은 전연히 절제할 힘을 잃어버린 듯이 최석의 가슴에 엎어졌다. 그러고는 소리를 내어 울었다. 순임은,

"아버지, 아버지!"

하고 최석의 베개 곁에 이마를 대고 울었다.

아라사 노파도 울었다.

방 안에는 오직 울음소리뿐이요, 말이 없었다.

최석은 벌써 이 슬픈 광경도 몰라보는 사람이었다.

최석이 자기의 싸움을 이기고 죽었는지, 또는 끝까지 지다가 죽었는지 그것은 영원한 비밀이어서 알 도리가 없다.

그러나 이것만은 확실하다 그의 의식이 마지막으로 끝나는 순간에 그의 의식기에 떠오르던 오직 하나가 정임이었으리라는 것만은.

지금 정임이 그의 가슴에 엎어져 울지마는, 정임의 뜨거운 눈물이 그의 가슴을 적시건마는 최석의 가슴은 뜰 줄을 모른다. 이것이 죽음이란 것이다.

뒤에 경찰의가 와서 검사한 결과에 의하면, 최석은 폐렴으로 앓던 결과로 심장마비를 일으킨 것이라고 하였다.

나는 최석의 장례를 끝내고 순임과 정임을 데리고 오려고 하

였으나 정임은 듣지 아니하고 노파와 같이 바이칼 촌으로 가 버렸다. 그런 뒤로는 정임에게서는 일체 음신이 없다. 때때로 노파에게서 편지가 오는데 정임은 최석이 있던 방에 가만히 있다고만 하였다.

서투른 영어가 뜻을 충분히 표현하지 못하는 것이었다.

나는 정임에게 안심하고 병을 치료하라는 편지도 하고 돈이 필요하거든 청구하라는 편지도 하나 영 답장이 없다.

만일 정임이 죽었다는 기별이 오면 나는 한 번 더 시베리아에 가서 둘을 가지런히 묻고 '두 별 무덤'이라는 비를 세워 줄 생각이다.

그러나 나는 정임이 조선으로 오기를 바란다.

여러분은 최석과 정임에게 대한 이 기록을 믿고 그 두 사람에 대한 오해를 풀라.

이광수 대표 장편 소설 해설

유정

이광수[李光洙, 1892. 3. 4. ~ 1950. 10. 25.]

호는 춘원(春園). 평북 정주 출신으로 1892년 전주 이 씨 양반 가문에서 태어났으나 가세가 기울어 가난한 생활을 했고, 11세가 되던 해에 부모가 모두 콜레라로 사망하며 외가에서 청소년기를 보냈다.

1907년 일본으로 건너가 톨스토이에 심취했고, 1909년에는 단편 소설 〈사랑인가〉를 발표하여 유학생 사이에 차츰 이름이 알려지기 시작했다. 1910년 일본 명치학원을 졸업하고, 오산학교 교원으로 있다가, 1916년 일본 와세다 대학 철학과에 입학했다.

1917년 우리나라 최초의 근대 장편소설 《무정》을 《매일신보》에 연재하였고, 그해 단편소설 〈소년의 비애〉, 〈어린 벗에게〉를 《청춘》에 발표하고 《개척자》를 《매일신보》에 연재했다. 1919년에는 동경에서 2·8 독립 선언서를 작성하고 상해로 탈출, 도산 안창호의 흥사단 이념에 감명받아 임시 정부 기관지 독립 신문사의 사장 겸 편집국장에 취임했다. 1922년에는 논문 〈민족개조론〉을

《개벽》에 발표하고 《허생전》, 《재생》, 《마의 태자》 등의 작품을 계속 발표했다.

1937년 '수양 동우회' 사건으로 안창호 등과 함께 수감되었다가 반년 만에 병보석으로 풀려났다. 그 후 조선문인협회 회장이 되고, 가야마 미쓰로(香山光郎)로 창씨개명을 해 친일 행위를 시작하였다. 1950년 6·25 전쟁 중에 납북된 후 1950년 10월 폐결핵으로 사망했다.

이광수는 이상주의에 바탕을 둔 계몽적 민족의식을 표방하며 작품 세계를 펼쳐 나갔다. 그는 문체 확립, 실험적 인물 묘사, 현대적 주제 설정 등을 작품에 적용하며 현대 문학 선구자로서의 문학사적 위치를 차지하였다. 또한 그는 많은 논설을 통해서 자신의 사상을 주장했다. 그는 기존의 도덕과 윤리를 강렬하게 비판하였으며, 진화론적 사고에 토대를 둔 근대적이고 새로운 가치관과 세계관을 역설하였다. 그는 일제 강점기 하의 억압과 현실의 부조리, 구사상과 새로운 서구 민주주의 사상과의 갈등, 유교적 가치관과 기독교 사상의 대립 등을 작품에 투영하였다.

그가 남긴 저서로 장편 소설 《무정》, 《개척자》, 《재생》, 《마의 태자》, 《단종애사》, 《이순신》, 《흙》, 《그 여자의 일생》, 《유정》, 《사랑》, 《꿈》, 《원효대사》 등이 있고, 단편 소설 〈무정〉, 〈소년의 비애〉, 〈방황〉, 〈무명〉 등이 있다.

◆ **작품 개관**

이 작품은 최석과 남정임의 정신적 사랑을 이야기한다. 남녀의 통속적인 사랑이 아니라, 정신적으로 서로를 이해하고 아끼는 마음을 편지 형식을 통해 담아냈다.

◆ **주요 등장 인물**

최석 학교 교장으로 친구 내외가 세상을 떠나자 그들의 딸인 남정임을 데려다 키운다. 후에 정임을 정신적으로 사랑하게 된다.

남정임 어렸을 때 고아가 되어 최석의 집에서 자랐다. 미모가 뛰어나고 똑똑하다. 최석에게 아버지를 넘어선 사랑을 느낀다.

최석의 부인 신경질적인 성격을 지녔다. 남편과 정임 사이를 오해하여 남편을 사회적으로 파멸에 이르게 한다.

최순임 최석의 딸이다. 정임과 동갑으로, 어렸을 때는 정임을 질투

하고 시기하지만 장성한 후에는 아버지와 정임을 이해하고 적극
적으로 그들을 돕는다.

◆ **줄거리**

최석은 N에게 자신의 이야기를 담은 편지를 보낸다.

　최석은 친구인 남상호가 세상을 떠나자, 그 부인과 외동딸이
살 곳을 마련해 준다. 옥에 들어갔던 그가 집에 돌아오자, 남상호
의 부인은 이미 죽고 딸 정임이 집에 와 있다. 정임은 아름다울 뿐
아니라 공부도 잘해서 동갑내기 최석의 딸인 순임으로부터 시기
를 받는다. 순임뿐만 아니라 최석의 부인도 정임을 못마땅하게 여
긴다. 최석은 집에서 사랑받지 못하는 정임을 불쌍하게 여겨 잘
해 주고, 최석의 부인은 정임이 처녀티가 날 만큼 자라서는 여자
로서 질투한다.

　정임을 둘러싼 갈등 때문에 화목하지 못하던 집안은 정임이 일
본으로 유학을 가면서 평온을 되찾는다. 부인은 늦둥이 아들을
낳고 애지중지 키우던 중 폐병에 걸린다. 부인의 병을 치료하는
가운데 최석은 정임이 일본에서 병을 얻었다는 전갈을 받는다.
최석은 타지에서 홀로 병마와 싸우고 있을 정임을 보러 일본으로
간다.

최석이 일본에서 돌아오자 부인은 최석과 정임의 사이를 오해하고 최석을 비난한다. 정임의 기숙사 동료가 부인에게 보낸 정임의 일기를 읽은 까닭이다. 부인이 보여 준 정임의 일기에는 최석에 대한 애틋한 감정이 적혀 있다.

최석이 일본에 있는 동안 부인은 질투심을 이기지 못하여 정임의 일기를 여러 사람에게 보여 주며 남편을 헐뜯는다. 이 일로 인해 최석은 학교에 사직서를 낸다. 게다가 그의 이야기가 신문에 기사화되어 최석은 사회적으로 망신을 당한다. 그는 유언장을 쓰고 재산을 분배한 후, 마지막으로 정임을 만나러 일본으로 떠난다. 그는 병원에 있는 정임에게 타국으로 멀리 떠난다는 말을 한 후, 여관으로 돌아온다. 정임은 여관으로 최석을 찾아와 자신을 데려가 달라고 하지만 그는 정임의 청을 거절한다. 이때 최석은 정임을 사랑하는 자신의 마음을 깨닫는다.

조선을 떠난 최석은 북만주를 지나는 도중에 기차에서 내린다. 그곳에서 선생과 제자 사이였다가 지금은 부부가 된 조선인을 만난다. 최석은 그 부부와의 만남을 뒤로 하고 바이칼 호에 머무르다가 다시 다른 곳으로 떠난다.

여기까지가 N에게 보내온 최석의 편지 내용이다. 최석에 대한 부인의 오해를 풀기 위해 N은 그 편지를 최석의 부인에게 보여 준다. 편지를 읽고 최석의 부인은 남편과 정임에 대한 자신의 생각이 오해였음을 깨닫는다. 정임은 최석을 찾아가기 위해 귀국하여 N에게 들른다. 순임은 병이 낫지 않은 정임과 함께 아버지를 찾기 위해 떠난다.

N은 길을 떠난 순임에게서 아버지와 정임을 깊이 이해하게 되었다는 편지를 받는다. 며칠 후 정임의 편지도 받는데, 자신은 병으로 인해 바이칼 호의 여관에 누워 있고 순임은 아버지를 찾아 떠났다는 내용이다. 순임은 N에게 아버지의 병이 위중하니 돈을 가지고 와 달라는 전보를 띄운다. N은 급히 이르쿠츠크로 떠나 병석에 누워 있는 최석을 만난다. N은 최석에게 정임을 데려가지만, 정임이 도착했을 때는 최석이 이미 눈을 감은 뒤다.

고국으로 돌아온 N은 최석이 기거하던 방에 정임이 가만히 있다는 주인 노파의 편지를 받는다. N은 편지를 읽고 정임이 세상을 떠나면, 최석과 정임을 나란히 묻어 주어야겠다고 생각한다.

◆ 작가와 작품

"나는 조선 사람이오!"

작가는 작품 속에 자신의 생각을 드러낸다. 이광수가 《유정》을 통해 드러낸 생각 중에는 최석이 세상과 인연을 끊고 유랑하며 보게 된 현실을 묘사한 부분이 있다. 일본에 가서 정임을 만나고 하얼빈에 R를 찾아가던 중 역에 모여 있는 사람들을 보고 생각하는 부분이다.

나는 안중근이 이등박문(伊藤博文, 이토 히로부미)을 쏜 곳이 어딘가 하고 벌판과 같이 넓은 플랫폼에 내렸소. 과연 국제도시라 서양 사람, 중국 사람, 일본 사람이 각기 제 말로 지껄이오. 아아, 조선 사람도 있을 것이오마는 다들 양복을 입거나 청복을 입거나 하고 또 사람이 많은 곳에서는 말도 잘하지 아니하여 아무쪼록 조선 사람인 것을 표시하지 아니하는 판이라 그 골격과 표정을 살피기 전에는 어느 것이 조선 사람인지 알 길이 없소.

아마 허름하게 차리고 기운 없이, 비창한 빛을 띠고 사람의 눈을 슬슬 피하는 저 순하게 생긴 사람들이 조선 사람이겠지요. 언제나 한 번 가는 곳마다 동양이든지, 서양이든지, '나는 조선 사람이오!' 하고 뽐내고 다닐 날이 있을까 하면 눈물이 나오. 더구나 하얼빈과 같은 각색 인종이 모여서 생존 경쟁을 하는 마당에 서서 이런 비감이 간절하오.

국제도시인 하얼빈은 많은 사람이 모여드는 곳이다. 그들은 자유롭게 다른 이의 눈치를 보지 않고 이야기한다. 자기 나라의 언어로 말하며 행동에도 거리낌이 없다. 그러나 일제 강점하에 있던 당시 우리나라 사람에게는 이것조차도 부러운 일이었다.

작가 이광수는 이런 모습들을 마주하며 "나는 조선 사람이오!"라고 당당히 외치고 싶었을 것이다. 누구의 눈치도 보지 않고 우리말로 대화하며 조선의 국민임을 자랑스럽게 내세울 수 있기를 바랐을 것이다. 그러한 작가의 생각은 고국을 떠나는 최석의 눈을 통해 더욱 극명하게 드러난다.

최석은 고국을 등지면서도 나라에 대한 사랑을 저버리지 않는다. 가정에서나 사회에 설 곳이 없어 다른 나라로 떠나지만, 고국이 발전하기를 바라는 마음은 변함없다. 주인공 최석의 생각은 작가 의식의 표현이라고 볼 수 있다.

◆ 작품의 구조

편지 형식에 담긴 사랑 이야기

이 작품은 최석과 남정임의 사랑 이야기를 기본 줄거리로 한다. 그러나 당사자의 입을 통해 내용을 전달하지 않고 최석이 지인인 N에게 보낸 편지를 통해 그 이야기가 전해진다.

최석은 가정에서도, 사회에서도 조강지처를 버리고 친구의 딸을 탐한 사람으로 비난받는다. 어디에도 발 디딜 곳이 없어 떠나기로 작정한 최석은 자신의 마음을 이해해 줄 수 있는 N에게 편지를 보낸다. 최석과 남정임의 이야기는 이렇게 시작된다.

최석은 남정임을 처음에는 연민의 감정으로 대한다. 친구가 세상을 떠나고 그 아내마저 죽은 후, 정임은 어린 나이에 고아가 된다. 부모를 여의고 낯선 이의 집에서 자라게 된 것만도 서러울 텐데, 최석의 아내는 정임을 따뜻하게 대해 주지 못한다. 최석은 이러한 정임을 안타깝게 여기고 더욱 아낀다. 자신을 다정하게 대해 주는 최석에게 정임은 사랑의 감정을 느끼게 된다.

이렇게 시작된 서로에 대한 감정은 정임이 성인이 된 후 좀 더 애틋하게 변모한다. 정임은 최석을 사모하지만 그에게 다가갈 수 없어 일본으로 떠나고, 최석 또한 떠나는 정임에게 손을 내밀 수 없다. 그들의 사랑은 정임의 일기가 부인에게 전해지면서 밝혀지고 세상은 그들을 불륜으로 매도하고 비난한다.

최석은 자신의 마음을 편지를 통해 솔직하게 밝힌다. N도 최석의 편지를 통해 그를 믿고 있던 마음을 더욱 견고히 한다. 독자들은 편지 형식으로 된 이야기를 통해 좀 더 마음을 열고 그들의 사연을 받아들인다. 만약 최석이나 정임의 입을 통해 이야기가 전해졌다면 주관적인 감상에 치우쳐 독자들이 공감하기 어려웠을 수도 있다. 하지만 편지글이라는 형식적인 특성 때문에 독자들은 그들의 이야기를 보다 진솔하게 바라보며 공감의 폭을 넓힐 수 있게 된다.

최석과 남정임의 정신적 사랑

이광수의 《유정》은 두 남녀의 이야기를 기본 골격으로 한다. 최석과 남정임은 서로를 사랑하지만 쉽게 다가서지도 않고 쉽게 마음을 접지도 않는다. 사랑과 현실 앞에서 진심을 다했던 그들의 마음을 따라가는 것은 작품 감상에서 핵심 요소가 된다.

최석은 친구 부부가 세상을 떠나자 그의 딸 남정임을 데려다 키운다. 그는 부모를 잃고 고아가 된 정임을 불쌍하게 여기고 그녀에게 아버지와 같은 사랑을 베푼다. 정임 또한 최석을 고맙게 생각하며 따른다. 최석의 부인이 정임을 차갑게 대하고 그녀를 질투하지만, 최석과 정임이 서로를 위하는 마음은 변함없다.

정임은 일본으로 유학을 떠나며 최석의 곁에서 멀어진다. 최석 또한 부인에게 최선을 다한다. 정임이 일본에서 공부하게 되면서 집안은 평화를 되찾는 듯했지만, 정임이 병에 걸렸다는 소식이 전해지면서 위기가 시작된다.

최석은 정임이 있는 병원으로 찾아가고, 그 사이에 정임의 기숙사 방 친구가 정임의 일기를 최석의 부인에게 보낸다. 여기서 결정적인 오해가 생긴다. 최석의 부인은 질투심을 이기지 못하고 정임의 일기를 여러 사람에게 보여 주고, 최석과 정임의 이야기는 세상 사람들의 입에 오르내리게 된다. 이 일로 인해 최석은 직장을 잃고 사회적으로도 설 곳을 잃는다.

그러나 최석은 정임과 함께 도망치지 않는다. 그녀에 대한 마음이 사랑임을 알면서도 정임에게 이별을 고하고 멀리 떠난다. 여기에서 최석과 정임의 사랑은 정신적으로 변모한다.

최석은 정임을 그리워하지만, 정작 그녀에게 편지를 보내지는 않는다. 정임은 아픈 몸을 이끌고 최석을 찾지만 그녀 역시 아픈 그의 곁에 있어 주고 싶은 마음뿐이다. 이러한 그들의 사랑은 순임과 N의 지지를 받는다.

《유정》은 최석과 정임의 마음이 어떻게 사랑으로 변해 가는지, 그들이 사랑을 느끼고 난 후 어떻게 행동하는지를 파악하면서 읽는 것이 중요하다.

◆ 작품에 반영된 현실
황폐한 조국
최석은 정임과의 사이를 부인에게 오해받고 사회로부터도 비난을 받는다. 그 사연이 신문에 기사화되자 최석은 멀리 떠나기로 결심한다. 유언장을 작성하고 재산을 배분한 뒤 마지막으로 정임을 만나고는 만주 쪽으로 발길을 옮긴다.

정처 없이 떠도는 가운데 최석은 R라는 사람을 만난다. 고국이 그립지 않느냐는 최석의 물음에 R는 이렇게 말한다.

"이상하게 생각하시겠지. 하지만 고국에 무슨 그리울 것이 있단 말인가. 빈대 끓는 오막살이가 그립단 말인가. 나무 한 개 없는 산이 그립단 말인가. 물보다도 모래가 많은 다 늙어 빠진 개천이 그립단 말인가. 그 무기력하고 가난한, 시기 많고 싸우고 하는 그 백성을 그리워한단 말인가. 그렇지 아니하면 무슨 그리워할 음악이 있단 말인가, 미술이 있단 말인가, 문학이 있단 말인가, 사상이 있단 말인가, 사모할 만한 인물이 있단 말인가! 날더러 고국의 무엇을 그리워하란 말인가. 나는 조국이 없는 사람일세."

보통 타국에 있는 사람은 자신이 태어나고 자란 나라를 그리워하게 마련이다. 그러나 타지에서 오랫동안 살고 있는 R는 고국이 그립지 않은 이유를 다소 격한 어조로 이야기한다. 청결하지 않고 빈곤함이 배어 있는 오막살이, 다 베어진 나무만이 늘어서 있는 산들, 현실 개혁 의지가 없고 가난하며 남을 헐뜯기만 하는 사람들……. 그가 이야기하는 것들은 이광수가《유정》을 썼을 때의 우리 현실을 반영한다.

그 시기 우리나라는 황폐했다. 일제 강점기 하에서 수탈당했던 우리 민족은 배불리 먹을 것도 없었으며, 입을 것도 부족했다. 현실이 이러하지만 사람들은 그것을 타개할 만한 교육을 받지 못해 밝은 앞날을 기대하기 어려웠다. 사람들이 무기력하다는 표현은 바로 이러한 당시 사람들의 모습을 반영한 것이다. 사람들의 교육 수준이 낮기 때문에 음악, 미술은 물론 문학과 사상, 인물들도 뚜렷하게 내세울 만한 것이 없었다.

R의 말은 일제 강점기 하의 어두운 현실을 그대로 드러낸 것이다. 또한 그러한 현실 앞에서 무엇을 해야 하는지 간접적으로 제시한 것으로도 볼 수 있다.

'일제의 수탈로 인해 사람들은 살아가기 힘들다. 먹을 것, 입을 것도 마땅치 않고 청결하지 못한 환경 때문에 병에 걸려 죽는 사람도 많다. 이러한 현실을 극복하려면 사람들을 교육시켜야 한다. 교육받은 사람이 많을수록, 조국의 현실에 대한 눈도 떠지고 문화적인 면도 발전하게 된다. 이런 것들이 쌓이면 우리는 잘 살게 될 것이다.'

이와 같은 작가의 생각은 현실을 바라보는 눈으로《유정》에 투영되었다.